AF458072

Fin d'une série de documents
en couleur

UN JEUNE MARIN

SÉRIE 5

UN JEUNE MARIN

PAR

TALAMO

ILLUSTRATIONS SUR BOIS

PARIS
SOCIÉTÉ FRANÇAISE D'ÉDITIONS D'ART
COLLECTION L.-HENRY MAY — G. MANTOUX
9 ET 11, RUE SAINT-BENOIT

UN JEUNE MARIN

CHAPITRE PREMIER

LA FAMILLE MARTIN

D'une grandeur moins sauvage que le littoral breton avec ses falaises escarpées et ses rochers à pic, la côte normande ne laisse pas d'être d'une beauté imposante. Le voyageur qui arrive des larges prairies où, parmi l'herbe verte et épaisse, courent des ruisselets au bord desquels viennent paître les grands bœufs, a tout à coup en face de lui l'infini de la mer, se confondant avec l'infini du ciel.

Une surface sans limites, entr'ouvrant des sillons mobiles et où semblent s'engloutir, barques et navires pour reparaître, l'instant d'après, à leur crête frangée d'écume ; une sorte de miroir où paraissent se refléter toutes les teintes du ciel, depuis le bleu pur des beaux jours d'été, jusqu'au gris sale des temps de brume et d'hiver.

Telle est la mer normande !

Au pied d'une colline sans nom, perdue sur le littoral, quelque part entre le cap de la Hague, où se brisent furieusement les flots dans les grandes marées, et l'anse de Vauville, qui offre un refuge aux embarcations des pêcheurs, s'élève une coquette habitation.

C'est une maison à deux étages, surgissant d'un jardin, véritable massif de verdure. Les murs sont blancs avec des filets bleus et roses, incrustés çà et là de rocailles, les volets sont verts, le toit de tuiles rouges est surmonté d'un clocheton et d'une girouette.

Cette variété de couleurs forme un ensemble original qui se détache de loin sur l'horizon terne ou azuré, selon la saison. L'habitation est, du reste, bien connue des touristes explorant ce coin de la côte. Un jour, l'un d'eux, l'a baptisée *La Jolie ;* mais le nom était trop simple : il n'a pas pris. Un autre qui avait peut-être appris le grec, l'a appelée *La maison polychrôme.*

De tous les habitants de la Hague et de Vauville, sans compter ceux de Jobourg, Auderville et autres lieux voisins, pas un certainement ne comprenait un traître mot de grec ; pas un ne savait que, dans cette belle langue, *polus* veut dire beaucoup et *chrôma* couleur. Mais justement parce que personne n'entendait ce que signifiait *polychrôme,* tout le monde adopta cette appellation et la jolie habitation fût bien et dûment baptisée *La maison polychrôme.* Même les enfants qui mordent dans leurs premières tartines la connaissent sous ce nom.

Il y a quelque vingt ans ce n'était pas cette demeure, à la fois simple et gracieuse dans son originalité, entourée de son jardin où fleurissent, vous l'ai-je dit, la rose, le géranium et la blanche marguerite, qui se dressait devant l'Océan.

Non, en face des flots agités, venant dire à la terre leur éternelle plainte, c'était une chaumière des plus pauvres, faite de branchages et de terre battue, recouverte de paille, possédant tout juste une porte et deux lucarnes, qui semblait à peine surgir du sol tant elle était basse.

Là nichait, plutôt qu'elle n'y logeait, une famille de trois personnes.

C'était la famille Martin, composée du père, Pierre, de la mère, Marie-Jeanne et d'un enfant, Jacques.

— Les Martin sont *ben* braves; *ben* honnêtes; disaient non pas les voisins — ils n'en avaient pas — mais les gens de la contrée, dont les plus rapprochés habitaient à un bon kilomètre. Oui ma foi, *ben* honnêtes : ils ne feraient tort d'un centime à personne, mais ils sont *ben* pauvres !

Etait-ce par compassion, était-ce par dédain, que ces paysans, dont le plus riche possédait juste une chèvre, proclamaient la misère des Martin ? Qui sait ! peut-être pour les deux motifs. L'homme le moins fortuné éprouve parfois une sorte d'égoïste satisfaction à constater qu'il y a encore plus malheureux que lui.

Donc, les Martin vivaient bien durement.

Sans avoir jamais été riches ou même simplement aisés, ils avaient cependant connu des jours meilleurs, des jours où ils avaient mangé à leur faim et porté des vêtements chauds l'hiver.

Pierre avait été pendant longtemps pêcheur, et un des plus adroits du pays, possédant une barque bien à lui.

Oh ! certes pas une belle barque pontée comme celle du vieux Nicolas Métin, toute gréée, reluisante sous sa couche de coaltar et sentant bon le goudron, avec laquelle on pouvait naviguer de Vauville à Guernesey, mener les touristes français désireux de visiter l'île anglaise ou chercher des touristes anglais désireux de visiter la côte normande. Barque qui rapportait en la belle saison bien des pièces blanches et même jaunes à son propriétaire et excitait aussi bien des envies !

Non, l'embarcation de Pierre Martin était plus modeste. C'était tout juste si une demi douzaine de personnes pouvaient y prendre place ; sa coupe était un peu primitive ; une toile rapiécée, faite de vieux sacs solidement cousus et attachée tant bien que mal à une perche grossière, composait toute sa voilure. Mais, telle qu'elle était, cette barque lui suffisait pour s'aventurer à deux ou trois milles en mer, et, aidé de Louis, pêcher le poisson que Marie-Jeanne allait vendre aux plus proches auberges, après avoir mis de côté ce qui servait à l'alimentation commune. Le hareng, le maquereau, la sardine, qui foisonnent dans ces parages, avaient en Pierre Martin un ennemi redoutable.

Même une fois, par un beau temps, le pêcheur, sa femme, Louis, leur fils aîné, qui avait alors dix ans, et Jacques, qui n'en comptait que six, avaient joyeusement pris place dans la barque et, longeant la côte à petite distance, étaient arrivés jusqu'à Cherbourg. Ce voyage avait été une fête sans pareille pour toute la famille, et quel ravissement pour les enfants qui n'avaient jamais vu de ville, grande ou même petite ! Les magasins, les arsenaux, la place d'Armes et son obélisque, la rade — la rade surtout — les émerveillaient.

Et comme, tout en naviguant, Pierre avait fait une

excellente pêche, la vente en fut fructueuse : on put acheter des souliers aux enfants, peu habitués à pareil luxe, car, la plupart du temps, ils couraient pieds nus sur la grève.

C'était alors le bonheur. « A quoi nous servirait la richesse ? disait parfois Marie-Jeanne en trempant une bonne soupe aux choux pour toute la famille. Les mille et les cent ne pourraient nous assurer ni la santé ni la paix du cœur. »

Puis les mauvais jours étaient venus.

Surprise en mer par un gros temps, l'embarcation avait chaviré. Elle s'était engloutie au fond de l'Océan pour ne jamais reparaître à sa surface. Pierre et Louis, qui la montaient, s'étaient trouvés saisis et roulés par une vague géante qui les jeta à la côte, le père évanoui, le fils mort.

Combien sont-elles les familles de pauvres pêcheurs, où les enfants, malgré leur âge, comme les vieux, malgré leurs cheveux blancs, sont contraints d'aller risquer leur vie sur les flots de cette Manche qui a englouti tant de bâtiments autrement solides que la barque de Pierre Martin !

La mort de Louis fut un coup terrible pour toute la famille. Les Martin étaient de bons parents qui, contrairement à l'habitude de beaucoup, vivant dans la même situation, n'avaient jamais brutalisé leurs enfants. Aussi tous s'aimaient-ils tendrement. L'affection mutuelle, n'est-ce pas le seul trésor laissé aux pauvres gens ?

Marie-Jeanne faillit devenir folle de douleur et, bien des fois, l'œil hagard, des sanglots dans la gorge, elle alla s'asseoir au bord de l'Océan, lui redemandant son fils.

Pour comble de malheur, Pierre Martin, porté contre une roche par la force irrésistible du flot, avait eu la poitrine profondément labourée, deux côtes brisées et le bras gauche meurtri. Les soins qui lui furent donnés par un médecin de village ne le guérirent pas complètement ; par contre, ils épuisèrent les maigres économies de la famille.

Et la barque qui, pendant des années, avait permis au pêcheur d'exercer sa profession pendant que Marie-Jeanne cultivait un microscopique jardin ou tressait des paniers d'osier, cette barque n'existait plus. Avec elle disparaissait leur gagne-pain.

Bien souvent on vit les pauvres gens parcourir l'hiver, les chemins remplis de neige, cherchant n'importe quoi, du bois mort pour chauffer leur taudis glacé, des débris de planches, des loques ou des détritus de provisions abandonnés par les rouliers.

Il y a ainsi des êtres humains pour lesquels la vie est un problème de chaque jour.

Ils passaient, Marie-Jeanne, la plus valide en tête, l'œil aux aguets, le dos courbé sous une hotte qui, hélas, n'arrivait pas toujours à se remplir. Puis venait le petit Jacques, grelottant, un peu moins cependant que devant le foyer vide de combustible, car la marche au grand air lui fouettait le sang. Le menton enfoncé dans un vieux foulard, ses mains, rougies par le froid, dans les poches de sa vareuse rapiécée, trop grande pour lui, il trottinait derrière sa mère, se demandant, le pauvre enfant, pourquoi il était des gens si malheureux sur la terre. Puis, c'était Pierre Martin, vieilli, cassé, qui fermait la marche.

Une fois, ils allèrent ainsi jusqu'à Coutances, une autre fois jusqu'à Cherbourg, subsistant le long de leur route de petits travaux dans les fermes. Pierre savait quelque peu menuiser, clouer, raboter ; sa femme cousait fort proprement et, aidée de Jacques, se rendait utile de toutes manières. Ils y gagnaient tous trois de ne pas mourir de faim et de dormir la nuit dans une grange ou une étable.

C'était tout : on n'est pas riche aux champs, l'hiver surtout.

Mais à la ville, ils furent encore plus malheureux, car les ouvriers habiles et valides ne manquaient pas. On n'avait pas besoin d'eux. « Pourquoi n'êtes-vous pas restés chez vous ? » leur disait-on parfois.

Pierre avait été longtemps pêcheur. — Page 8.

Pierre Martin épuisé de privations, car il demeurait bien des fois sans manger afin d'ajouter un morceau de pain sec à celui de sa femme et de son enfant, tomba mort d'inanition dans la rue, un soir d'avril. A deux pas, dans un établissement, au son d'un orchestre, les gens d'une noce dansaient joyeusement.

Le lendemain, on portait le pêcheur à la fosse commune, et Marie-Jeanne, ayant reçu un faible secours, refaisait à pied avec Jacques le trajet de Coutances à la Hague.

Pourquoi se rendait-elle vers ce lieu où ils avaient été si malheureux ? Pourquoi, au lieu de rester à la ville où les ressources paraissent toujours plus grandes, revenait-elle, emmenant son enfant par les chemins, à ce coin de terre perdu où s'élevait leur chaumière isolée ?

Pourquoi ! Sans doute par cet instinct qui porte l'animal traqué à retourner vers son gîte. Si l'on doit y mourir, la mort y paraît moins dure.

Marie-Jeanne et Jacques trouvèrent leur pauvre demeure intacte. Pourquoi les voleurs y eussent-ils pénétré ? Ils n'auraient rien pu y prendre !

La veuve du pêcheur se remit à fabriquer ses paniers et cultiver son misérable jardinet, aidé par son fils. Celui-ci, de temps à autre aussi, gagnait quelque menue pièce blanche en servant de guide aux touristes qui, avec les beaux jours, commençaient à envahir cette partie du littoral.

Mais c'était surtout la mer qui l'attirait.

On n'est pas impunément le fils d'un pêcheur, presque d'un marin.

Malgré le souvenir de la terrible catastrophe qui avait coûté la vie à son frère et brisé celle de son père, Jacques, dans ses moments de loisir, ne pouvait se défendre d'aller courir le long des grèves. A la marée basse, il allait ramasser, aussi loin que le lui permettait la retraite de la mer, des coquillages de toutes formes et de toutes couleurs, qu'il apportait triomphalement à sa mère. Les uns, les plus appréciés, contribuaient à l'alimentation de Marie-Jeanne et de son fils, les autres étaient mis de côté et servaient à former des colliers ou des coffrets vendus aux étrangers en excursion dans ces parages.

Jacques ne savait pas lire : où et comment eût-il appris ? Mais il connaissait par leur nom vulgaire bien des animaux curieux, mollusques, crustacés et zoophytes, habitants de la mer, qui viennent montrer sur le rivage leur aspect étrange. Il eût pu en remontrer à plus d'un naturaliste sur les habitudes des crabes ou sur les mœurs des langoustes que, bien des fois, armé d'une forte pince, il allait, à la marée basse, saisir dans les trous de rochers.

Mais ces excursions, le long du rivage, ne pouvaient

lui suffire. L'immensité qui se déroulait devant lui l'attirait. Bien des fois, dans cette anse de Vauville où, pendant la belle saison, se donnent rendez-vous les bâtiments de toutes dimensions, il demeurait des heures entières, perdu dans la contemplation de cette nappe bleue qui allait à l'horizon rejoindre le ciel et sur laquelle apparaissait, de ci de là, la voile blanche d'un navire.

Ou bien encore, il écoutait, muet d'admiration, les récits des vieux marins à la peau hâlée qui disaient leurs voyages jusque sur la côte anglaise. L'un d'eux avait habité pendant trois mois l'île de Wight ; il parlait aussi de la superbe rade militaire de Portsmouth et il en parlait comme d'une merveille. Jacques croyait que Portsmouth était la plus grande ville du monde, et demandait si l'île de Wight n'était pas celle habitée par Robinson Crusoé, dont un petit garçon qui savait lire, lui avait parlé.

Il eût voulu voir toutes ces choses stupéfiantes, connaître des grandes villes, des îles toutes verdoyantes, aux récifs de corail, des hommes noirs, jaunes et rouges, des animaux étranges, même féroces; il n'en eût pas eu peur : il était brave.

— Moi aussi, je serai marin ! dit-il plus d'une fois.

Cette vocation était devenue si forte, que Jacques se serait de grand cœur proposé comme mousse à bord du plus malheureux bateau marchand, s'il n'eût été trop jeune, car il n'avait encore que sept ans et demi. Et aussi la crainte de porter le dernier coup à sa mère, en la laissant seule et pauvre, le retenait. Mais il sentait en lui-même que le jour viendrait où lui aussi, comme les pêcheurs de Vauville, dirait adieu à la terre ferme.

Déjà ses amis, grands et petits, l'avaient surnommé « Jacques le marin », et, plus d'une fois, le vieux Nicolas Métin lui-même, celui qui faisait les voyages de Guernesey avait dit à son petit-fils Louis, en lui montrant la misérable demeure des Martin :

— Il y a dans c'te chaumière un p'tit gas qui ira loin : il a un'rude volonté !

Propos qui, on ne sait comment, parvint aux oreilles de Jacques et faillit le faire mourir de plaisir, car le père Métin était un fier homme et qui s'y connaissait.

Cependant, la santé de Marie-Jeanne avait reçu un coup dont elle ne pouvait se remettre. La misère, persistante, malgré la vente intermittente des paniers et des coffrets de coquillages, l'acheva. Par un beau matin de juillet la veuve du pêcheur s'éteignit. Sa dernière pensée, en regardant Jacques, qui sanglotait près de son grabat fut : « Pauvre enfant ! que va-t-il devenir ? »

Le petit Jacques était seul au monde !

CHAPITRE II

DÉBUTS DE JACQUES

Comment vécut-il ? C'est ce que lui même aujourd'hui ne pourrait dire .

D'aumônes un peu, très peu, car ses voisins n'étaient pas riches, et leur générosité envers lui se bornait à lui octroyer de temps à autre, quand ils l'apercevaient, hâve et déguenillé, une croûte de pain et un bol de lait. De petits travaux, tels que pouvait en exécuter un enfant, de pêche, lui gagnèrent quelques sous également.

Et, au milieu de tout cela, cet enfant qui se cramponnait à la vie sentait grandir en lui l'amour de l'Océan, des voyages, de l'inconnu. Un jour, le père Métin qui lui avait donné une vieille vareuse trop courte et une paire de gros souliers trop grands, l'emmena à bord de sa barque jusqu'au mont Saint-Michel, en longeant à petite distance le littoral. Tous les points de la côte normande, avec la découpure de ses baies et, dans le fond, ses vertes collines, apparaissaient aux yeux ravis de l'enfant : le cap Carteret et son hâvre, l'embouchure de l'Ay, Granville ; du côté du large, Jersey et les îles Chausey, detachant leur masse sombre sur la masse bleue de l'Océan. Et lorsque la *Normande* — tel était le nom de la barque du père Métin — entra, le vent gonflant son unique voile, dans la baie de Saint-Michel, quand le mont, son château et son abbaye lui apparurent, dorés par le soleil levant, Jacques demeura immobile et muet, en proie à un sentiment inexprimable. Dans la baie, des embarcations de toutes dimensions, barques et canots, se croisaient ; sur le rivage circulait tout un peuple de touristes, de Parisiens, d'Anglais, de dames élégantes, d'enfants heureux. Jamais. non jamais, même à Coutances, même dans ses deux voyages à Cherbourg, le fils de Pierre Martin n'avait contemplé pareil spectacle.

C'est que rien n'est plus imposant ni plus original de l'aspect du mont Saint-Michel qui, deux fois toutes les vingt-quatre heures, à la marée basse, forme la pointe d'une presqu'île rattachée au reste de la côte par un banc de sable, et deux fois, à la marée haute, se transforme en une île que battent de toutes parts des vagues furieuses. Au sommet de cet énorme rocher, d'une circonférence de neuf cents mètres, s'élève une église, à côté sont les restes d'une abbaye célèbre : de cette hauteur, on découvre un panorama immense.

Jacques regardait tout cela, pétrifié de surprise et d'admiration. Il suivait de l'œil les groupes de promeneurs le long de la rue qui, ainsi qu'un immense serpent, se déroule sur le flanc de la montagne depuis le bas de la côte jusqu'à l'abbaye.

— Que c'est beau ! murmurait-il.

La *Normande* devait rester deux jours dans la baie, Nicolas Métin ayant à traiter des affaires d'intérêt assez sérieuses. En descendant à terre, il emmena Jacques, puis, après lui avoir fait boire un pichet de cidre et manger une tartine, le laissa libre d'aller courir jusqu'au soir.

Quelle journée délicieuse ce fut ! L'enfant ne laissa pas un recoin de la plage inexploré ; de cette plage que, à la marée basse, l'Océan découvre sur un parcours de quatre grandes lieues.

Allant toujours devant lui, il arriva à l'embouchure du Couesnon. Là, un peu fatigué tout de même, il s'arrêta à contempler un jeune homme à la physionomie souriante, lequel jeune homme, assis dans une barque, pêchait à la ligne.

Lorsque celui-ci se retourna, il aperçut Jacques.

— Ça t'amuse de voir frétiller le poisson au bout de ma gaule ? demanda-t-il en riant.

— Oh ! oui, répondit l'enfant.

Et il osa ajouter :

— Même que je voudrais bien être à votre place.

— Tu n'es pas dégoûté mon petit ! fit le pêcheur. « Ferrer » le barbillon, il n'y a rien au-dessus de cela.

Eh bien, tiens, je veux te rendre heureux : saute dans ma barque et viens jeter la ligne, toi aussi.

Jacques ne se le fit pas dire deux fois.

L'endroit était poissonneux. Du premier coup, l'enfant, auquel son compagnon avait confié une seconde ligne, captura une loche belle et grasse qui alla rejoindre une demi douzaine de ses congénères et autant de barbeaux et barbillons, étendus dans un coin de l'embarcation.

Ce beau début acheva de lui valoir la sympathie de Paul-Louis; ainsi s'appelait le jeune homme.

— Mon gas ! tu t'y connais, fit-il avec presque de l'admiration.

— Mon père était pêcheur, répondit Jacques. Il m'a un peu appris son métier. Bien des fois il m'a emmené avec lui, dans sa barque... quand il avait une barque.

Et le souvenir de ses parents, des malheurs qui l'avaient rendu orphelin, amena des larmes dans les yeux de Jacques.

— Allons, pleure pas !... pleure pas ! fit Paul-Louis avec une bonté brusque.

Néanmoins sa curiosité était intéressée et, lorsque l'enfant eût séché ses larmes, il lui demanda :

— Et qu'est-ce que tu fais maintenant ?

Jacques lui narra sa triste histoire.

— Mon pauvre gas ! Alors, comme ça, tu es seul au monde ?

— Seul, répondit l'enfant avec un gros soupir. C'est-à-dire, si... il y a le père Métin. De temps en temps je travaille pour lui et il me donne quelque chose. Demain et après, je serai à bord de la *Normande*, j'aurai à manger à ma faim, et, en retournant à Vauville, je suis bien sûr qu'il me remettra une pièce blanche.

— C'est possible, fit Paul-Louis. Mais vois-tu, ça n'est pas une vie. D'autant plus que ces aubaines, si on peut appeler ça des aubaines, ça t'arrive tous les trente-six du mois.

— Ah ! fit Jacques, si je pouvais être marin !

Paul-Louis le regarda fixement.

— Ecoute, fit-il, tu m'as l'air d'avoir du caractère. Moi aussi j'ai une barque comme le père Métin, et avec cette barque je voyage sur toute la côte. Je vais chercher des œufs à Genets, du lait à Porteaux, du beurre à Moidrey, des légumes frais à Saint-Mélair pour approvisionner les hôtels où descendent des touristes. Une fois par mois, je vais aux îles Chausey. J'ai avec moi mon cousin et un homme de Granville qui n'a pas son pareil à la mer. Mais c'est égal, nous ne sommes pas assez. Si tu veux travailler avec moi, sur la *Luronne*, eh bien, foi de Paul-Louis, tu seras nourri, couché et tu recevras trois beaux francs par mois.

Les yeux de Jacques étincelèrent, une émotion profonde le saisit à la gorge : c'était tout un avenir qui se déroulait devant lui.

Il allait être marin !

— Et puis, continua Paul-Louis, tu seras habillé : un pantalon, une vareuse et une paire de souliers tous les ans. Pour le linge, je ne pense pas qu'il te soit bien nécessaire : un vrai loup de mer n'a besoin ni de chemise ni de mouchoir de poche.

Et comme l'enfant demeurait muet, tant avait été grand son saisissement, Paul-Louis demanda :

— Eh bien que dis-tu ?

— J'accepte, oh ! j'accepte, fit Jacques, trouvant enfin la force de répondre.

Bien souvent on vit les pauvres gens parcourir, l'hiver, les chemins remplis de neige. — Page 11.

Ce n'étaient pas seulement les trois francs par mois, ni même le vêtement tous les ans qui le décidèrent. C'était la perspective d'entreprendre de nouveaux voyages, des « vrais », peut-être de découvrir des pays inconnus. Qui sait s'il n'arriverait pas à visiter ce Portsmouth et cette île de Wight dont le nom et l'image continuaient à le hanter.

— Est-ce que nous irons en Angleterre voir les sauvages ? demanda-t-il le plus ingénûment du monde.

Cette naïve ignorance fit sourire Paul-Louis, qui répondit :

— Non, mon petit, il n'y a pas plus de sauvages en Angleterre que dans la baie de Saint-Michel. Ceux qui vivent là-bas sont des hommes comme nous, bien qu'ils parlent une autre langue. Et pour courir après les Peaux-rouges, la *Luronne* n'a pas les jambes assez longues : nous nous contenterons de faire notre petit commerce.

C'était une première déception. Néanmoins, il y avait une vie nouvelle qui se présentait devant le pauvre enfant abandonné, condamné à mourir un jour de misère ; c'était une planche de salut que lui lançait la destinée : il la saisit.

Le soir même, Jacques, de retour auprès du père Métin, lui racontait tout et lui demandait la permission de le quitter.

— C'est ton affaire, répondit le patron de la *Normande*, tu ne m'appartiens pas, Va où tu veux, mon gas !

Et après avoir achevé cette phrase, qui dénotait une nature plutôt philosophique que sentimentale, le père Métin ne put s'empêcher de murmurer, une fois de plus, entre ses dents noircies par la pipe :

— C'est égal, voilà un petit bonhomme décidé ! Il ira loin.

CHAPITRE III

UN SAUVETAGE.

Tout d'abord, Jacques n'alla pas plus loin que Cancale, pays renommé pour ses huîtres.

Son installation à bord de la *Luronne* s'était effectuée de la façon la plus simple du monde. Le lendemain du jour où avait eu lieu sa conversation avec Paul-Louis, il était arrivé trouver celui-ci, portant avec lui toute sa fortune. Cette fortune était représentée par un petit paquet contenant une paire de chaussettes, un foulard, quelques mouchoirs et un peigne ébréché : c'était peu encombrant.

— C'est bon, fit d'un ton passablement bourru, Jean Trissin, l'« homme de Granville », celui qui, d'après Paul-Louis, n'avait pas son pareil à la mer et qui, fier de cette supériorité, se qualifiait volontiers de « second ».

Le second ! Comme ils n'avaient été que trois jusqu'alors, ce titre n'était que médiocrement honorifique. Mais maintenant que l'équipage de la *Luronne* s'augmentait d'un quatrième, encore que ce quatrième fût un enfant, Jean Trissin se sentait gonfler d'importance.

La plupart des hommes sont malheureusement ainsi. Souvent même, les plus intelligents sont aveuglés par la vanité.

Paul-Louis, assez brave garçon, ne songeait qu'à son commerce de beurre, œufs et laitage. Dans ses loisirs, sa suprême distraction était la pêche à la ligne : il est vrai qu'il y était devenu d'une assez jolie force.

Aussi abandonnait-il entièrement la direction de la *Luronne* à Jean Trissin.

Celui-ci, à peu près convenable avec son compagnon Nestor Planquet, cousin du patron, le fut beaucoup moins avec Jacques.

Tout de suite, l'enfant connut les beautés du métier de marin : le lavage et le balayage du pont, l'épluchage des légumes, les corvées fatigantes, quelquefois périlleuses ; comme encouragement, les taloches.

Pendant ce temps, Paul-Louis compulsait son livre de comptes ou pêchait à la ligne.

Nestor Planquet, nature apathique et peu intelligente, fumait béatement sa pipe, exécutant sans mot dire les injonctions de Jean, le véritable maître du bord. Il se préoccupait aussi peu de l'enfant que si celui-ci n'eût jamais existé.

Ce n'était pas tout ce qu'avait rêvé Jacques.

Et cependant, l'amour de celui-ci pour la mer n'en persistait pas moins. Son esprit, naturellement imaginatif, demeurait accessible à mille impressions. Sous le ciel sans bornes, devant l'horizon infini, beroé par la chanson du vent et les caresses brusques des vagues, il vivait moins malheureux qu'autrefois.

Cette existence dura des semaines, sans amener de grands changements dans la vie de l'enfant. Lorsque la *Luronne* était au mouillage, on le laissait généralement à bord pour surveiller le chargement. De temps en temps, cependant, Paul-Louis l'envoyait dans les villages de la côte, parfois même de l'intérieur, avertir de son arrivée les fermiers désireux de vendre leurs produits.

Dans une de ces courses, Jacques eut l'occasion d'accomplir un acte de sauvetage.

Le sauvetage d'une poupée !

De Saint-Michel à Granville, la côte offre en divers

endroits, à marée basse, l'embûche d'un sol sans consistance, une sorte de boue épaisse dans laquelle le promeneur inattentif risque parfois de s'enfoncer et disparaître.

C'est ce qu'on appelle l'*enlizement* : une chose épouvantable !

On va, on vient sans se défier. Tout à coup, on sent que les pieds deviennent plus lourds, on a de la peine à les mouvoir. On fait un pas difficilement, on ne peut plus en faire un second : la vase s'accumule autour de vos chevilles, vous attire avec un poids énorme et finit par former autour de vos jambes comme un étau boueux. Et lentement, on disparaît dans un sable vaseux, dans une matière sans nom : on s'enfonce jusqu'aux genoux, puis jusqu'à la ceinture, jusqu'à la poitrine et enfin, chose horrible, il ne reste plus que la tête où s'est, avec le regard et la voix, concentrée toute la vie. Et, la tête, à son tour s'éteint, meurt, poussant un dernier cri, lançant un dernier regard.

Est-il possible de concevoir mort plus horrible ?

A la vérité, les enlizements, assez fréquents autrefois, deviennent de plus en plus rares. Les habitants du littoral connaissent et indiquent les endroits dangereux qu'il faut éviter alors que la mer, tentatrice perfide, se retire, découvrant au loin la grève.

Un soir que Jacques était allé à terre, chargé par Jean Trissin d'une commission de haute importance — l'achat d'une livre de tabac — il passa devant un groupe d'enfants et remarqua une fillette aux yeux bleus et aux joues roses qui pleurait à chaudes larmes.

Ni elle, ni ceux qui l'entouraient n'étaient des enfants du pays. Oh! non. Leurs vêtements étaient ceux des petits Parisiens et des petites Parisiennes qui, chaque année, à l'époque des vacances, vont comme une nuée d'oiseaux au plumage multicolore s'abattre sur les plages normandes et bretonnes.

— Allons, viens et ne pleure pas! dit d'un ton d'affectueuse gronderie une dame — la mère, sans doute — qui prit dans ses bras la jeune affligée. Je t'en rachèterai une autre.

— Ma poupée! ma pauvre Eugénie!... répondit en sanglotant la petite fille.

Et ses regards étaient tournés invariablement vers un point de la grève, distant de quelque cinquante mètres.

Jacques y discerna une poupée presque aussi grande qu'un enfant, magnifiquement habillée mais dont les jambes étaient déjà enlizées. Et droite, les bras tendus, elle apparaissait comme une personne vivante, destinée à s'enfoncer peu à peu dans la vase et à y disparaître.

Que s'était-il passé ?

Tout simplement ceci. La petite fille à qui appartenait la poupée avait consenti à la prêter à une de ses jeunes amies, pendant qu'elle-même avec sa mère, son frère et sa sœur, se promenait un peu plus loin.

D'abord, tout s'était bien passé, mais lorsque la petite amie, échappant à la surveillance de sa gouvernante, s'était avancée vers un coin de la plage, elle avait senti tout à coup le sable s'enfoncer sous ses pas.

En même temps, ce cri d'alarme lui arrivait, poussé par une petite paysanne :

— Prenez garde, mam'zelle ! Vous vous enfonceriez...

Absolument affolée, la pauvre petite avait laissé choir la poupée, qui s'enfonça lourdement dans la vase et, s'arrachant par un effort désespéré à l'étau gluant qui commençait à se refermer autour de ses chevilles, elle avait couru lourdement loin de cet endroit mortel. En arrivant sur le sol ferme, elle tomba, tant avait été grand son saisissement, dans les bras de sa gouvernante qui l'emporta, pleurant et se débattant dans une crise de nerfs.

Tout d'abord les enfants et les grandes personnes présents à cette scène, n'avaient songé qu'à la fillette pour laquelle, un moment, elles avaient tremblé. La jeune propriétaire de la poupée fut la première à se rappeler l'objet abandonné.

— Ma pauvre Eugénie! s'écria-t-elle. Ma pauvre Eugénie ! Elle est perdue !... perdue pour toujours !

Elle eût voulu courir la chercher ; sa mère, qui ne la quittait jamais du regard, vit ce mouvement, devina son intention et se hâta d'accourir.

— Laisse-moi y aller, maman, je t'en prie ! s'écria l'enfant tout en larmes, se débattant, comme sa mère venait de la saisir dans ses bras et s'efforçait de l'emmener.

Jacques passait sur ces entrefaites. Il vit la petite fille qui pleurait, la poupée prise dans le sable et comprit aussitôt la cause de cette grande douleur.

Peut-être un autre enfant dans la situation de Jacques fût-il resté indifférent aux larmes de cette « demoiselle », se lamentant sur la perte d'un jouet. Il n'avait jamais eu de jouets, lui !

Mais il avait bon cœur et ne connaissait pas l'envie. Aussi, lorsqu'il se trouva en présence de cette scène de grand désespoir, il prit aussitôt son parti.

La *Luronne* n'était amarrée qu'à une centaine de mètres de là, Jacques y courut et s'adressant à Paul-Louis, en train, cela va sans dire, de provoquer les poissons, la gaule à la main :

— Patron, lui dit-il, voudriez-vous me prêter une de vos lignes pour cinq minutes ?

Paul-Louis fit un signe de consentement, sans même tourner la tête, tant il était occupé à suivre les évolutions de son flotteur. Aimant passionnément la pêche, il lui semblait tout naturel que d'autres l'aimassent aussi. D'ailleurs, il savait Jacques habile à jeter l'hameçon.

Le jeune garçon ne se le fit pas dire deux fois : il courut aux lignes de Paul-Louis, déposées à l'arrière de la *Luronne*, choisit de toutes la plus forte et retourna précipitamment à terre, se dirigeant vers l'endroit où gisait l'infortunée poupée.

Jacques marchait avec une grande précaution car, enfin, si désireux qu'il fût de rendre service à une petite inconnue, il n'entendait pas risquer étourdiment sa vie.

Tâtant le sol de l'extrémité de sa gaule d'abord, puis du bout du pied avant de s'y aventurer, il arriva jusqu'à une douzaine de mètres de la poupée. Alors, il s'arrêta.

Sans hâte, avec la dextérité d'un pêcheur expert, il déroula sa ligne, et, d'un mouvement sûr, la lança vers la poupée. Puis il tira d'un coup sec.

L'hameçon revint à lui, apportant un lambeau d'étoffe arrachée à la robe de la poupée.

Il s'arrêta à contempler un jeune homme qui, assis dans une barque, pêchait à la ligne. — Page 21.

Sans se laisser décourager par ce début malheureux, Jacques jeta de nouveau sa ligne.

Cette fois, lorsqu'il la retira avec précaution, il sentit une résistance. Le crochet de fer s'était engagé dans le corsage d'étoffe résistante. Jacques sentit qu'il soulevait peu à peu la poupée de l'enveloppe vaseuse qui s'était à demi refermée sur elle.

— Ça y est ! fit-il joyeusement.

Il se trompait, car la ligne lui revint tout à coup, et si brusquement, que le jeune garçon tomba à la renverse, abandonnant sa gaule.

Derrière lui s'était formé un demi-cercle d'enfants et de grandes personnes qui, ayant compris son plan ingénieux, l'encourageaient par leurs exclamations :

— Hardi ! le jeune pêcheur !

— Prendre une poupée à la ligne, c'est nouveau.

— Courage!... L'aura !... L'aura pas !

— Si ! je l'aurai ! cria Jacques, dont l'honneur était désormais engagé dans le sauvetage d' « Eugénie ». Je l'aurai ! Vous allez voir...

Et de nouveau, il lança sa ligne. Cette fois l'hameçon s'engagea dans la chevelure épaisse de la poupée. Ce fut heureux : Jacques sentit à la résistance qu'il rencontra que la ligne ne lui reviendrait pas sans rien au bout.

— Prends garde ! ta cordelette va casser ! lui cria un des assistants.

— Pas de danger ! répondit Jacques avec assurance. Elle soulève des poissons de trois livres.

Et, appuyant ces paroles d'un effort vigoureux, il enleva triomphalement en l'air la poupée accrochée à l'hameçon sauveur par sa chevelure, comme Absalon, fils du roi David, à une branche d'arbre.

Une salve nourrie d'applaudissements mêlés à des cris enfantins salua cette victoire.

Alors, dégageant de l'hameçon la poupée souillée, méconnaissable et dont les vêtements déchirés n'étaient plus qu'une loque boueuse, Jacques alla, avec la galanterie d'un ancien chevalier, la présenter à sa propriétaire en lui disant :

— La v'là votre poupée, mam'zelle !

Puis comme la fillette, sanglotant encore, mais de bonheur cette fois, étreignait dans ses bras l'objet informe et couvert de vase, qui avait été son jouet préféré, Jacques, tout à coup, sans attendre de remerciements, se mit à détaler de toute la vitesse de ses jambes.

Il venait de se rappeler la commission de Jean Trissin, qu'il avait parfaitement oubliée.

Le héros, le sauveteur, était redevenu un pauvre petit garçon craignant de recevoir des taloches.

CHAPITRE IV

LE NAUFRAGE DE LA « LURONNE ».

Un jour, Paul-Louis, de bonne humeur et quelque peu gris — la vente avait bien marché — annonça :

— Le cap sur Saint-Hélier, mes enfants. Nous partons pour Jersey : il y a une belle vente à faire là-bas.

Ces paroles, qui n'émurent pas outre mesure Jean Trissin et Nestor Planquet, firent, par contre, bondir le cœur de Jacques dans sa poitrine.

On allait se diriger bien au large, cette fois, vers les pays inconnus !

Malgré son caractère bourru et vaniteux plutôt que foncièrement méchant, le second de la *Luronne* avait des qualités. Hardi, alerte, perspicace, il connaissait comme pas un le littoral de Cherbourg à Saint-Brieuc, et se fût aventuré sur une coquille de noix vers toutes les îles qui font face à la côte normande.

Et ceux qui connaissent ces parages peuvent dire si la navigation y est toujours facile, surtout lorsque la brume, cette traitresse ennemie, couvre la surface de la Manche, dissimulant ses mille écueils et récifs !

Jean Trissin ne gardait pas pour lui sa science de marin. Entre une taloche et un juron, il avait appris à Jacques à larguer ou carguer une voile à propos, à nouer une épissure et à « naviguer au plus près ».

— Allons ! gas de malheur ! criait-il en lui détachant, par pure habitude, un coup de pied dans le voisinage des reins. Tu ne vois donc pas que la brise fraîchit et nous vient arrière. Donne de la toile et plus vite que ça !

Jacques n'aimait pas les bourrades que, du reste, la plupart du temps, il savait esquiver et que Jean Trissin employait simplement pour ponctuer ses phrases, mais il recueillait avec soin tous les enseignements, encore que donnés sous la forme rude.

Car, dois-je l'avouer, une étrange ambition était venue au cœur de ce pauvre enfant et, de même que, autrefois, il se disait : « Moi aussi, je serai marin », de même, il en arrivait de temps à autre à se murmurer : « Qui sait ! Peut-être moi aussi, un jour, serai-je capitaine ! »

Et sans doute parce que, malgré sa rudesse de parole et de main, le second de la *Luronne* le mettait au courant du métier, Jacques ne se sentait au cœur aucune haine pour Jean Trissin.

Il éprouvait plutôt une sorte de désillusion attristée de voir que Paul-Louis, qui lui était apparu récemment sous la forme d'un sauveur, s'occupait maintenant si peu de lui. Certes les affaires sont les affaires, mais enfin, sans négliger la vente du beurre de Moidrey ou la capture du barbillon, le patron de la *Luronne* n'eût-il pu témoigner un peu d'intérêt à Jacques ?

N'eût-il pu s'apercevoir, au moins, que l'enfant était là, qu'il vivait ?

Le fils de Pierre Martin sentait confusément tout cela. Seul dans la vie, il éprouvait le besoin de se raccrocher à une affection, à une amitié partagée : il avait maintenant le pain du corps, mais le pain du cœur lui faisait défaut.

Ah ! s'il avait eu près de lui quelque camarade de son âge, comme il l'aurait aimé ! comme la vie alors lui aurait paru douce et belle !

Le départ pour Jersey s'effectua par une belle soirée. Septembre touchait à sa fin ; une brise tiède, soufflant de terre, gonflait la voile de la *Luronne*. La lune pleine voguait dans un ciel sans nuages et argentait la surface de la mer, tandis que les flots se poussaient mollement, imprimant à la barque plutôt un balancement doux que ce mouvement de roulis ou de tangage, si redouté de ceux qui n'ont pas le pied marin et l'estomac solide.

— Parole ! murmurait Jean Trissin, qui n'était pourtant pas une nature poétique, on ne dirait jamais la Manche. On se croirait plutôt dans la Méditerranée.

Il faut dire que le second de Paul-Louis ne connaissait pas seulement le littoral normand. N'ayant encore que seize ans, il avait navigué pendant six mois entre Alger et Marseille et il lui en était resté des souvenirs.

Paul-Louis, assis à bâbord sur un rouleau de cordages, avait jeté sa ligne fidèle dans l'Océan. Nestor Planquet fumait silencieusement sa pipe non sans interrompre de temps à autre cette occupation pour déboucher et porter à ses lèvres certaine gourde, emplie d'eau-de-vie de cidre.

La sobriété n'est malheureusement pas une vertu commune sur notre littoral du Nord-Ouest.

Jean Trissin était debout à la barre, son regard semblait scruter l'Océan dans tous ses replis mouvants. Chose rare, il fredonnait un vieux refrain, rappelant les beautés du pays natal et évoquant le souvenir des guerres maritimes contre les Anglais.

Jacques l'écoutait, immobile, s'efforçant de saisir les paroles, tout son être captivé par la poésie intense qui se dégageait de cette scène, bien simple pourtant, d'une belle nuit en mer. Cependant, l'enfant n'avait pas négligé de mettre une distance respectueuse entre lui et la main ou le pied de Jean Trissin.

Tout d'un coup, le second interrompit sa chanson par un affreux jurement, si affreux que Jacques, qui y était pourtant habitué, sursauta.

— Qu'est-ce donc ? demanda Paul-Louis, en levant le nez de dessus sa ligne.

Pour toute réponse, Jean montra du doigt l'horizon.

Un nuage sombre, quelque chose comme une longue barre noire, apparaissait au-dessus de la surface des flots et lentement s'élevait, envahissant le ciel.

En même temps, la brise avait fraîchi.

Encore que commerçant et pêcheur à la ligne avant tout, Paul-Louis était assez marin pour comprendre.

— Malheur ! gronda-t-il, le temps va se gâter.

En effet, il y eut une saute de vent et très brusque. La *Luronne*, qui, jusqu'alors, avait filé par une bonne brise soufflant de terre, reçut tout à coup de tribord une sorte de rafale qui fit battre sa voile comme l'aile d'un oiseau blessé.

En même temps, un coup de tonnerre éclatait et se répercutait longuement dans l'espace.

— Allons ! exclama Paul-Louis. va falloir rentrer au mouillage et même s'y cramponner.

Jacques, tout étonné, se demandait encore si les alarmes de ses compagnons n'étaient pas exagérées. Mais il n'eut pas le temps de se perdre en réflexions : la voix de Jean le fit sursauter.

— Vite ! moussaillon de malheur ! Pare à carguer la voile.

Bien que la *Luronne* n'eut rien d'un vrai navire, son second avait pris l'habitude d'y commander la manœuvre dans les mêmes termes qu'il l'eût fait à bord d'une frégate.

Aidé de Paul-Louis et de Nestor Planquet, Jacques serra l'unique voile de la *Luronne*, et Jean Trissin donna un tour de barre, de façon à diriger la barque à l'Ouest.

— En rangeant au plus près, dit-il à Paul-Louis, nous pourrons atteindre la baie de Cancale et nous y mettre à l'abri pendant la bourrasque.

Mais « la bourrasque » augmentait ; déjà elle menaçait de se transformer en tempête. La mer, calme naguère, s'enflait prodigieusement : une vague énorme enjamba le bastingage de tribord et, après avoir arraché la barre aux mains de Jean Trissin, renversé, vint s'épandre sur le pont.

La barque eut un sourd craquement.

Aveuglé, trempé, le second s'était relevé et d'une main vigoureuse avait ressaisi la barre. Mais telle était la violence du vent et des flots qu'il ne pouvait plus gouverner.

Les rafales se succédaient sans interruption. En même temps l'obscurité avait envahi le ciel : la lune, naguère si brillante, était maintenant complètement cachée par un amoncellement de nuages noirs. Le tonnerre continuait à rouler dans le ciel, mais aucun éclair ne perçait la nue.

Toutes les lumières de la *Luronne*, qui consistaient en trois lanternes fixées, la première en haut du mât, les deux autres à tribord et à babord, avaient été éteintes par les vagues qui continuaient à couvrir la barque.

— Ça va mal pour nous ! grommelait Paul-Louis, qui, en ce moment, ne pensait guère à la pêche.

— Ça va mal ! répétait, avec rage, Jean Trissin en faisant des efforts désespérés pour conserver la direction de la barre.

Quant à Jacques, bien que très brave, il ne pouvait comprimer les battements de son cœur.

N'était-ce pas une situation terrible que de se sentir au milieu de la tempête et de la nuit, séparé de la mort seulement par l'épaisseur de quelques planches.

Le sort tragique de son frère lui revenait à l'esprit : il revoyait le cadavre du pauvre Louis jeté par le flot sur la grève de la Hague.

— Peut-être moi aussi, dois-je mourir noyé ! se disait-il, tout en se cramponnant au mât.

La *Luronne* allait maintenant à la dérive, à l'inconnu. Jean Trissin avait cessé de gouverner, se disant que cela ne servait plus à rien, puisqu'on avait perdu toute direction. Par une négligence, provenant sans doute de ce qu'elle ne voyageait guère que le long de la côte, la *Luronne* ne possédait pas de boussole.

Des heures se passèrent dans cette situation affreuse.

Soudain un craquement sourd se fit entendre : une lame énorme déferla sur le pont et enleva comme une plume Jacques éperdu, mourant.

— Au secours ! essaya-t-il de crier.

Mais son faible appel se perdit dans la rumeur immense de la tempête.

CHAPITRE V

RENCONTRE INATTENDUE.

Sur une plage où, parmi les galets et les rocs, court le crabe et vient s'abattre la mouette à la recherche de sa nourriture quotidienne, trois enfants jouent.

Où plutôt deux de ces enfants, une fillette de cinq ans et un garçon de six ans à peine, trempent dans les flots leurs pieds nus, en surveillant les évolutions d'un petit navire, jouet acheté dans quelque bazar ; tandis qu'une jeune fille déjà grande — douze ans au moins — ramasse des coquillages qu'elle classera plus tard dans sa collection. A peu de distance, une dame d'une trentaine d'années, couve d'un regard maternel le groupe enfantin.

Leur habillement indique des gens aisés, vraisemblablement une famille de touristes.

— Quel affreux temps il a fait cette nuit ! murmura la dame, s'adressant à l'aînée des enfants. Les pêcheurs qui étaient au large ont dû être bien éprouvés.

— Oh ! oui, mère ! les pauvres gens ! répondit la jeune fille. Mais comme, en quelques heures, tout s'est calmé !

Tout à coup, un cri du petit garçon, qui s'était quelque peu éloigné, fit accourir toute la famille.

— Prosper ! cria sa mère, qu'est-ce ?

L'enfant montra du doigt, dans une anfractuosité de rocher, à quelque vingt mètres, une masse sombre, immobile.

Bien que ces parages ne donnent naissance à aucun animal terrestre dangereux, la dame, d'un mouvement instinctif, se plaça en avant de ses enfants, auxquels elle fit signe de s'écarter.

Mais Madeleine, sa fille aînée, Jeanne, la plus jeune et le petit Prosper, étaient intrépides encore plus qu'obéissants. Ils arrivèrent donc en même temps que leur mère devant la chose inconnue qui ne bougeait toujours pas.

— C'est un cadavre ! s'écria la mère en reculant, toute bouleversée.

— Un petit garçon ! firent Prosper et Jeanne.

— Peut-être n'est-il pas mort ? murmura Madeleine.

— Tu as raison, répondit la mère.

Et domptant ce sentiment de crainte ou de répulsion qu'inspire en général le contact de tout corps inanimé, elle s'approcha, s'agenouilla devant le corps et mit la main sur le cœur.

— Il bat ! cria-t-elle avec joie. Madeleine, cours à la première habitation demander du secours.

La jeune fille partit en toute hâte.

En même temps, aidée de ses deux autres enfants, Mme Jalbert, car il faut bien vous dire le nom de cette dame qui se promenait si à propos sur le rivage, enleva l'enfant évanoui et le transporta sur la plage.

A ce moment, la petite Jeanne poussa un cri d'étonnement :

— Maman ! maman !... c'est lui !

— Lui ? Qui donc, ma Jeannette ?

— Le petit garçon qui a sauvé ma poupée.

En effet, le naufragé n'était autre que Jacques, et Jeanne Jalbert était bien l'enfant désolée qui, sur la côte de Granville à Saint-Michel, avait failli perdre son « Eugénie «.

Talonné par la crainte de Jean Trissin, Jacques avait disparu aussitôt son sauvetage accompli, sans attendre de remerciements ; mais Jeanne, pénétrée de reconnaissance, n'avait pas oublié ses traits. Dans son imagination de petite Parisienne, le pauvre gas normand avait pris les proportions d'un héros.

La famille Jalbert n'était qu'à demi-parisienne. Si Jeanne, Prosper et Madeleine étaient nés en pleine rue Saint-Honoré, leur mère était originaire d'Avranches et veuve d'un armateur de Saint-Malo. Aussi, tous les ans, à l'époque des vacances, emmenait-elle ses enfants passer trois mois sur les plages normandes, respirant à pleins poumons les brises vivifiantes de l'Océan. Ce qui leur donnait à tous un appétit enragé et des mines superbes. Madeleine, grande et rose, avec de soyeuses tresses blondes, avait l'air d'une jeune femme, encore qu'elle n'eût que douze ans et trois mois. Prosper l'emportait sur tous ses camarades du même âge pour la force et l'agilité. Quant à Jeanne, elle ne connaissait ni les indispositions ni la fatigue.

— C'est que, disait justement Mme Jalbert, l'air, le soleil et l'eau sont les trois plus grands médecins du monde.

Combien elle se félicitait d'emmener ainsi tous les ans sa jeune famille pendant le fort de l'été et le commencement de l'automne, hors de la fournaise parisienne, où elle voyait fondre littéralement tant de

On allait se diriger bien au large, cette fois, vers les pays inconnus. — Page 41.

pauvres enfants pâles et amaigris ! Ceux-là, jamais on ne les conduisait contempler l'immensité de la mer, entendre la chanson des flots, aspirer les grands souffles salins qui viennent du large !

Le beau-frère de Mme Jalbert était capitaine au long cours et faisait les voyages entre Saint-Malo et les Iles Britanniques.

Plus d'une fois, toute la famille s'était embarquée à bord de sa goëlette, la *Serpentine*, en partance pour les îles normandes. Prosper se rappelait même certain voyage à Guernesey, au cours duquel il avait lutté désespérement contre le mal de mer. Il est vrai qu'à l'arrivée, trompant la vigilance de sa bonne mère, il s'était donné une abominable indigestion de plum-pudding.

Mais revenons à Jacques, que nous avons abandonné dans une situation bien critique.

La tempête avait englouti la *Luronne*. À jamais, la mer s'était refermée sur le pauvre Paul-Louis qui était si bon comptable et qui aimait tant la pêche à la ligne. Elle s'était refermée sur Nestor Planquet, passant de la vie somnolente au véritable sommeil de la mort. Elle s'était refermée sur Jean Trissin, ce bon marin un peu trop vaniteux et à la main si prompte. Sa science nautique ne lui avait pas servi à grand'chose dans le déchaînement de l'Océan.

Seul, le plus faible de tous, un pauvre être, un petit garçon abandonné, avait survécu.

Saisi par une lame au moment où la *Luronne* disparaissait dans l'abîme, Jacques avait étreint machinalement quelque chose de solide et de dur qu'il avait rencontré en étendant instinctivement les bras.

C'était un de ces baquets appelés « bailles », à bord des bâtiments.

Aveuglé, suffoqué par les vagues qui le ballotaient comme un fétu, l'enfant n'avait cependant pas lâché prise. Il se disait : « Je ne veux pas mourir », et sa force de volonté suppléait à la vigueur physique.

La baille à laquelle Jacques s'accrochait avec l'énergie du désespoir surnageait au milieu de la tempête. Deux ou trois fois, elle fut sur le point de couler à pic, mais chaque fois elle reparut à la surface, ramenant le petit naufragé qui ne l'avait pas lâchée.

Combien de temps dura cette situation affreuse ? C'est ce qu'il serait impossible de dire. Peut-être de longues heures.

Finalement, Jacques se sentit soulevé plus haut que jamais et, à bout d'efforts, il ferma les yeux, lâchant la baille qui lui avait, en quelque sorte, servi de radeau.

Heureusement pour lui, c'était la fin de ses

épreuves. La terre était là, une terre coupée de roches : le flot l'y jeta assez durement, le portant, évanoui, demi-mort, juste dans l'anfractuosité où Mme Jalbert et sa famille venaient de le découvrir.

CHAPITRE VI

LE MOUSSE DE LA « SERPENTINE »

Que vous dirai-je ? Que les soins empressés de la dame, de ses enfants et surtout d'un bon docteur ramenèrent Jacques à la vie ? Cela vous l'avez sûrement deviné, autrement ce n'eût pas été la peine d'écrire l'histoire de notre héros, une histoire qui eût été terminée presque aussitôt que commencée.

Le sentiment tout naturel d'humanité et de compassion envers un pauvre enfant abandonné se doublait chez la famille Jalbert d'une sympathie particulière pour le petit gas avisé et serviable qui avait rendu à Jeanne éplorée le jouet auquel une fillette tient par dessus tout : sa poupée.

Aussi, ne se borna-t-on pas à rappeler Jacques au sentiment de l'existence, à le réconforter par un bouillon excellent et par des paroles qui ne l'étaient pas moins.

Intéressée d'abord, charmée bientôt par ses réponses pleines de sens et de cœur aux questions qu'elle lui adressait, attendrie par le récit qu'il lui fit de sa vie d'enfant orphelin et malheureux, Mme Jalbert décida aussitôt de ne plus laisser le fils de Pierre Martin exposé, seul et sans appui, aux hasards de la vie.

Tout d'abord, elle l'emmena à Saint-Malo, où elle avait conservé une habitation qu'elle partageait avec son frère. Ses enfants avaient accueilli tout de suite Jacques comme un petit camarade. Lui, de son côté, pénétré de reconnaissance et complaisant sans servilité, employait tous ses efforts à plaire à ceux qui l'entouraient et à se faire aimer d'eux.

Il y eut donc tout de suite autour de lui une chaude atmosphère d'affection. Quelle différence avec la vague sympathie du père Métin ou de Paul-Louis, avec l'impassibilité stupide de Nestor Planquet et les rudesses de Jean Trissin !

Ce fut toute une révolution dans sa vie.

Puis ce qui avait fait la grande ambition de Jacques, une ambition qu'il n'eût jamais osé, même dans ses rêves d'enfant imaginatif, allait se réaliser : il apprit à lire.

Mme Jalbert lui montra elle-même à reconnaître les lettres et à les assembler. Et non seulement Madeleine, mais encore Prosper et Jeanne, qui savaient déjà épeler couramment, l'accompagnaient en lui soufflant : B — A, ba.

Mais ce ne fut pas tout.

Avant de rentrer à Paris, Mme Jalbert confia Jacques à son beau-frère, le capitaine de la *Serpentine*, et malgré son chagrin de quitter ses protecteurs, Jacques sentit son cœur bondir de joie. Cette fois, c'était « pour de vrai », sur une vraie goëlette qu'il allait partir pour des régions inconnues.

Et, en effet, pour son premier voyage, il alla jusqu'à New-York : c'était bien commencer !

Il n'était plus le gas rudoyé, employé aux gros ouvrages. Non, le capitaine Jalbert, le trouvant rempli d'intelligence et de bonne volonté, s'attachait à lui et, à temps perdu, se faisait son professeur, lui apprenait une foule de choses.

Il était mousse, mais jamais mousse ne fut si bien traité.

Bientôt, tant son ardeur était grande, il sut lire, écrire, compter et, une fois en possession de ces rudiments de science, il les compléta, employant tous ses loisirs à l'étude. On le voyait sans cesse sur le pont ou dans sa petite cabine, attenante à celle de

M. Jalbert, un livre à la main. Ce qui ne l'empêchait pas, en tant que mousse, de participer à la manœuvre et de grimper dans les vergues comme un chat.

Il se familiarisait avec tout ce qui touche à la navigation au long cours, autrement compliquée que les voyages de Vauville à la baie Saint-Michel.

Des mois se passèrent. L'hiver chassa l'automne et, de nouveau, le printemps fit reverdir les arbres.

Lorsque, aux vacances de Pâques, Madame Jalbert et ses enfants revinrent pour une semaine sur la plage normande où ils trouvèrent à l'ancre la *Serpentine*, ils poussèrent un cri d'étonnement à la vue de Jacques.

L'enfant n'était plus reconnaissable. A la place du petit paysan mal vêtu, intelligent mais au parler incorrect, ils voyaient un garçon déjà grand et fort, bien qu'il n'eût que huit ans, ni effronté ni gauche, montrant, lorsqu'on lui adressait la parole, qu'il avait déjà appris une foule de choses.

Avec ses jeunes amis, il passa à terre une semaine délicieuse, les accompagnant dans leurs excursions. Jeanne ne l'avait pas oublié et, bien des fois les deux enfants, attirés l'un vers l'autre par une amitié grandissante, se plurent à rappeler la scène émouvante du sauvetage d'Eugénie.

Cette dernière ne se ressentait plus de sa périlleuse

aventur dans les sables mouvants. Les déchirures faites à sa peau par l'hameçon de Jacques avaient été recousues ; une élégante toilette était venue remplacer le costume souillé et lacéré.

Pendant que Jeanne cueillait des fleurs, que Prosper poursuivait implacablement les papillons et que Madeleine faisait de la tapisserie aux côtés de sa mère, tout en surveillant les ébats de la jeune bande, Jacques montrait, la ligne à la main, qu'il était toujours le digne fils d'un pêcheur. Le pauvre Paul-Louis, si tragiquement englouti avec la *Luronne*, eût applaudi à ses succès.

Et pendant quatre années, il en fut ainsi. Jacques revoyait ses jeunes amis et la bonne Mme Jalbert à l'époque des vacances. Et, sans oublier ses malheureux parents, il en était arrivé à considérer cette famille comme la sienne, lui vouant un attachement sans bornes. De son côté, madame Jalbert et ses enfants se fussent récriés avec chaleur si on leur eût dit que Jacques était un « étranger ».

Mais un jour, la *Serpentine* arriva à Saint-Malo, où l'attendait la famille arrivée depuis la veille, et le fils de Pierre Martin ne descendit point à terre.

— Et Jacques ? Où est-il ? s'écrièrent tout d'une voix les enfants, après avoir embrassé leur oncle.

— Le pauvre gas ! murmura le capitaine Jalbert, avec un profond soupir.

— Ciel ! fit sa belle-sœur, lui serait-il arrivé quelque malheur ?

— Il est mort, répondit le marin. Mort en brave...

Un profond saisissement accueillit ces paroles. Puis, tous fondirent en larmes. C'était réellement un fils adoptif que Mme Jalbert perdait ; c'était un frère que Madeleine, Prosper et Jeanne n'avaient plus.

Le capitaine leur fit ce triste récit :

Partie de Saint-Malo, avec escale à Brest, pour se rendre aux îles Canaries, la *Serpentine* naviguait au large, à la hauteur de la côte africaine, quand, une nuit, la vigie signala une grande lumière qui empourprait le ciel.

Ce ne pouvait être un phare, puisqu'on se trouvait en pleine mer. Immédiatement, la même exclamation partit de toutes les lèvres :

— Un navire en feu !

C'est chose terrible, certes, qu'une tempête, mais combien plus terrible encore est l'incendie qui, au milieu des flots, loin de tout secours, dévore un bâtiment, ne laissant à son équipage d'autre alternative que celle de périr englouti dans l'Océan, ou dévoré par les flammes.

Le capitaine de la *Serpentine* donna immédiate-

Sur une plage où, parmi les galets et les rocs, court le crabe... — Page 40.

ment l'ordre de s'approcher du bâtiment qui brûlait. En même temps, pour signaler aux malheureux en détresse le secours qui leur venait, il fit tirer des coups de fusil, car il n'avait pas de canon à bord, et partir des fusées multicolores dont la lueur, fugitive mais éclatante, pouvait être aperçue à une grande distance.

Malheureusement, le navire en péril devait se trouver bien loin, à en juger par la dimension du feu. D'autre part, le vent n'était que médiocrement favorable.

— Les malheureux ! s'écria le capitaine Jalbert, ils vont être brûlés jusqu'au dernier avant que nous ayons pu leur porter secours.

Une grande demi-heure s'écoula, demi-heure qui, à tous, parut un siècle. Les plus rudes de ces hommes endurcis par les périls continuels de la mer, sentaient leur cœur battre d'angoisse. Les imprécations les plus formidables s'échappaient des lèvres.

La distance qui séparait la *Serpentine* du navire en perdition était grande encore. On commençait à entrevoir, se détachant sur l'empourprement du ciel, la silhouette d'un trois-mâts rongé par les flammes. Par instant, il semblait qu'on perçut une faible rumeur : les cris déchirants de l'équipage appelant à son secours.

— Tonnerre ! jura le capitaine Jalbert, nous n'arriverons jamais à temps. Allons ! la chaloupe à la mer, et quinze rameurs de bonne volonté.

Ordre qui fut exécuté aussitôt que donné.

L'embarcation, hissée par un palan, quitta le pont de la *Serpentine*, puis descendit à la surface des flots où, enlevée par des bras vigoureux, elle fila dans la direction du trois-mâts en feu.

Cette manœuvre exécutée en hâte au milieu d'une obscurité que perçaient incomplètement les lumières du bord, n'avait pas laissé de se faire avec quelque désordre.

Le capitaine Jalbert avait, pour ce sauvetage, commandé quinze hommes. Peut-être s'en était-il bien précipité seize ou dix-huit. Le plus pressé était de porter secours aux malheureux en péril, on n'avait perdu de temps ni à les compter ni à les reconnaître.

Quand, au bout de quelques minutes, le capitaine, ne voyant pas sur le pont la figure de son jeune protégé, appela : « Jacques ! » aucune voix ne lui répondit.

— Jacques !... Jacques !... répéta le marin.

Toujours rien.

— Capitaine, il doit être dans la chaloupe, fit une voix.

Jacques était, en effet, parti dans l'embarcation.

Sentant bien que M. Jalbert ne lui en aurait pas donné l'autorisation, il s'était précipitamment glissé dans la chaloupe à la faveur de l'ombre. Mû par une noble idée d'humanité, il allait exposer sa vie pour disputer à la mort celle de ses semblables.

Quand le capitaine eut constaté cette disparition, il sentit une grande tristesse lui étreindre le cœur. Il s'était attaché au « gamin », ainsi qu'il l'appelait familièrement, comme à un fils et, tout en s'efforçant d'en faire un marin accompli, il avait toujours veillé avec sollicitude sur son existence.

Et maintenant un secret pressentiment lui faisait entrevoir que cette existence se trouvait en danger.

Mais la chaloupe était déjà loin, et M. Jalbert ne pouvait donner à ses rameurs l'ordre de revenir. D'ailleurs, il n'eût pas voulu le faire : chaque minute qui s'écoulait était pour l'équipage du trois-mâts un siècle d'agonie.

Les sauveteurs apportaient avec eux des cordes, des bouées, des caisses et des barriques vides, tous objets qui, lancés à la mer, étaient susceptibles d'y flotter et de servir de radeaux, car il était matériellement impossible de recueillir en une seule fois dans la chaloupe un grand nombre de personnes.

Toujours peu favorisée par la brise, une brise qui soufflait de babord, la *Serpentine* suivait de loin sa chaloupe en tirant des bordées. Un double fanal brillait à l'avant de l'embarcation et permettait de l'accompagner du regard.

Vingt mortelles minutes s'écoulèrent ainsi. De plus en plus la rougeur grandissante de l'incendie empourprait le ciel.

— Ils doivent être arrivés maintenant, murmura le capitaine Jalbert.

Tout à coup une explosion épouvantable rompit le silence de la nuit. Un immense flamboiement sembla jaillir du sein de la mer et se projeter dans le ciel, couvrant l'horizon sur une immense étendue. Cela ne dura qu'une seconde. L'instant d'après, toute clarté s'était éteinte, engloutie dans l'abîme et une obscurité épaisse enveloppait l'Océan.

Le trois-mâts venait de sauter.

Ici, le capitaine Jalbert interrompit son récit. Ses auditeurs l'écoutaient, douloureusement impressionnés ; la petite Jeanne fondait en larmes.

Lui-même toussa deux ou trois fois, ce qui était chez lui un grand indice d'émotion, et ce fut d'une voix quelque peu étranglée qu'il acheva son récit.

L'équipage et les passagers du trois-mâts norvégien *Skloppen* — tels étaient la nationalité et le nom du bâtiment qui venait de s'anéantir — périrent pour la plupart. Sur cinquante-trois, dix-sept seulement, dont trois femmes, purent être arrachés à la mort.

La chaloupe de la *Serpentine* n'était plus qu'à quelque cent mètres du navire en feu lorsque l'explosion se produisit. La commotion fut telle que presque tous les rameurs furent renversés les uns sur les autres et que l'embarcation faillit chavirer.

Immédiatement on procéda au sauvetage des gens du *Skloppen*, en lançant de tous côtés cordes, bouées et caisses vides qui vinrent flotter, ballottées par les vagues. Mais l'obscurité profonde rendait le sauvetage aussi périlleux que difficile. Les hommes de la *Serpentine* n'étaient guidés que par les cris de détresse et les appels déchirants qui s'élevaient du sein des flots.

Plusieurs se jetèrent à la nage et, au milieu des ténèbres qui rendaient plus angoissante cette lutte mortelle contre l'Océan, réussirent à saisir et à ramener à bord de la chaloupe des malheureux qui se noyaient.

Au nombre de ces intrépides fut Jacques. Contrairement à beaucoup de marins, il nageait comme un poisson. A deux reprises, il arracha à la mer un infortuné.

— Bravo, Jacques ! mais prends garde ! lui répétaient ses compagnons.

Un nouvel appel le fit tressaillir comme il venait de reprendre haleine.

— Tenez bon ! on vient ! cria-t-il, et, échappant à ceux qui voulaient le retenir, il piqua de nouveau une tête dans l'océan.

On ne le revit plus !

Vainement les rameurs de la chaloupe poussèrent-ils des cris d'appel ; vainement promenèrent-ils l'embarcation en tous sens à la surface de l'Océan ; vainement enfin la *Serpentine*, après avoir recueilli les naufragés du *Skloppen*, explora-t-elle ces parages pendant tout le restant de la nuit et toute la matinée, rien, pas la moindre épave, nul vestige, ne vint révéler ce qu'était devenu Jacques Martin.

Il fallait bien se rendre à l'évidence : l'Océan l'avait englouti comme tant d'autres. Jamais plus il ne reverrait les plages normandes.

Désolé, le capitaine Jalbert finit par donner l'ordre de s'éloigner, et la goëlette continua son voyage.

CHAPITRE VII

SEUL SUR L'OCÉAN.

Il est impossible de décrire la consternation avec laquelle avait été accueilli le récit du capitaine Jalbert.

— Le malheureux enfant ! répétait sa belle-sœur en réprimant des larmes, pour ne pas augmenter l'affliction générale.

— Comme il était bon et brave ! murmurait Prosper. Il a donné sa vie pour sauver des gens qu'il ne connaissait pas... C'est égal, il aurait dû penser à nous ; il n'aurait pas dû se sacrifier.

— Prosper ! interrompit vivement sa mère, il ne faut pas parler ainsi : on ne doit jamais blâmer celui qui a accompli une bonne action.

— Qui sait, maman, fit Jeanne, peut-être n'est-il pas mort ?

Mais, à cette supposition, tous hochèrent tristement la tête, et le capitaine répondit :

— Hélas ! ma pauvre Jeannette, il ne faut pas demander l'impossible.

Et cependant, c'était l'enfant qui avait raison ! C'était le brave marin qui, contre toutes vraisemblances, se trompait !

Jacques Martin n'était pas mort !

L'avenir lui réservait encore d'autres aventures prodigieuses et, en fin de compte, cette chose qu'on atteint si rarement : le bonheur.

Après avoir, pour la troisième fois piqué une tête par-dessus bord, Jacques, vigoureux comme un garçon de quinze ans, bien qu'il n'en eût guère plus de douze, s'était dirigé à la nage du côté où il avait entendu une voix appeler au secours.

De temps à autre, il jetait ce cri :

— Courage !... tenez bon !... on vient !

La voix s'était tue.

Tout à coup, Jacques sentit une étreinte l'emprisonner à la gorge. Terrifié, sentant qu'il allait couler, il voulut se dégager, mais l'étreinte, celle d'une main nerveuse, s'était refermée.

Un malheureux qui se noyait — peut-être celui-là

même qui avait appelé — l'avait saisi au cou avec cette force irrésistible que donne à l'être le plus faible la peur de la mort. En voulant se sauver, il se perdait avec le nageur dont il paralysait les mouvements.

Il y eut un moment indicible : le naufragé se cramponnait instinctivement au jeune marin. Celui-ci, suffoquant, s'efforçait de lui faire lâcher prise.

Sans doute n'y eût-il pas réussi car déjà ses forces faiblissaient, lorsqu'un choc le secoua. En même temps le naufragé lâchait prise et coulait à pic.

Que s'était-il passé ?

Tout simplement ceci, qu'une forte poutre, débri du *Skloppen*, projeté au loin par l'explosion, et flottant sur les vagues, avait heurté rudement la tête du naufragé. Celui-ci tout étourdi, avait lâché Jacques.

Ç'avait été la mort pour l'un, le salut pour l'autre.

L'enfant, rencontrant à son tour la poutre, l'avait saisie. Il s'y hissa à califourchon.

Il était temps : ses forces épuisées par la nage et la lutte allaient le trahir définitivement.

Comment, à demi-évanoui, put-il se maintenir sur cette épave que ballottaient les vagues ? C'est ce que lui-même, plus tard, n'a jamais pu comprendre.

Il s'y maintint pourtant et pendant plusieurs heures.

Mais ce fut tout.

Il essaya bien de se faire entendre de la chaloupe dont il apercevait, comme une simple étincelle dans la nuit, le double fanal de plus en plus éloigné. Peine perdue ! Ses cris étaient si faibles qu'il lui semblait que lui-même pouvait à peine les entendre.

Diriger son épave ? Il n'y avait même pas à y penser.

Tout ce qu'il pouvait espérer, c'était de s'y maintenir assez longtemps pour que, au jour, les hommes de la chaloupe ou ceux de la *Serpentine* l'aperçussent et vinssent le recueillir.

Certainement, le capitaine Jalbert, qui était si bon pour lui, qui l'aimait tant, ne l'abandonnerait pas.

Mais Jacques put se rendre compte que les flots l'entraînaient loin de la chaloupe, car le fanal de celle-ci, après avoir diminué d'éclat peu à peu, finit par s'éteindre complètement. Quant aux feux de la *Serpentine*, il lui avait bien semblé à une ou deux reprises les discerner, mais sans doute, n'était-ce qu'une illusion.

Et lorsque, après une nuit d'angoisses, les ombres pâlirent peu à peu, que l'aube commença à poindre, Jacques, jetant un regard désespéré autour de lui, vit qu'il était bien seul.

Seul sur la surface immense de l'Océan !

Pendant que Jeanne cueillait des fleurs... — Page 63.

Tout au loin, cependant, un point blanchâtre se dessinait sur l'horizon bleuissant. Puis il finit par disparaître.

C'était la *Serpentine* qui s'éloignait, explorant encore la plaine humide, mais dans une autre direction, hélas !

L'instinct de la conservation, inné chez tous les êtres, peut faire accomplir des prodiges.

Epuisé comme il l'était, Jacques trouva la force de se maintenir des heures encore sur sa poutre solitaire. A la vérité, il avait modifié sa position : au lieu de se tenir à califourchon, il s'était étendu de son long, le ventre contre la poutre qu'il tenait solidement embrassée. Cela lui permit de reposer un peu ses jambes ankylosées.

Dans la matinée, plusieurs objets vinrent flotter à peu de distance de lui. C'étaient des poutres projetées, comme celle sur laquelle il se trouvait, par l'explosion du *Skloppen* ; c'étaient aussi quelques unes des caisses vides, jetées par les hommes de la chaloupe pour permettre aux naufragés qui les rencontreraient, de s'en faire un soutien sur les vagues.

Bien que brisé, Jacques fit un suprême effort. Se jetant à la nage tout en soutenant d'une main à sa poutre, il dirigea celle-ci vers les épaves les plus proches. Il put ainsi grouper trois planches et deux caisses. A l'une de ces caisses était attachée une corde assez longue : elle lui servit à relier les uns aux autres ces divers objets et en constituer une sorte de radeau.

Pauvre radeau que le moindre coup de mer eût disloqué ! Mais l'Océan était calme : sur les vagues unies flottaient les planches qui portaient Jacques et sa fortune.

Le jeune mousse, totalement épuisé, s'était endormi. Quel sujet de tableau pour un peintre que ce sommeil d'un enfant étendu sur une épave, seul dans l'immensité de l'Océan !

Combien de temps dormit Jacques ? De longues heures sans doute, car lorsqu'il ouvrit les yeux, le soleil dardait sur lui perpendiculairement ses rayons.

— Midi ! fit-il, regardant l'heure à cette horloge naturelle.

La réalité de sa situation lui revint aussitôt et dans toute son horreur.

Il était seul sans provisions, sans instruments, sans armes, sur des planches disjointes et c'était miracle qu'elles eussent tenu bon.

S'il ne mourait englouti dans les vagues, il était condamné à périr lentement de faim et de soif.

Pouvait-il exister situation plus affreuse que la sienne ?

Cependant, nous l'avons dit plusieurs fois, Jacques était brave. Il dompta toute défaillance et commença par inventorier ce qu'il pouvait posséder.

Ce fut vite fait : son habillement consistait en une chemise de toile et un pantalon de coutil, car il n'est guère d'usage de porter des chaussures à bord des navires qui traversent ces latitudes chaudes. De plus, éveillé en hâte, il n'avait pas pris le temps de se vêtir moins sommairement — eût-ce été la peine pour coopérer à un sauvetage, se risquer au milieu des flammes ou se jeter à l'eau ?

Très heureusement, Jacques avait plongé sans se dévêtir et l'eau de mer, en collant son pantalon à ses jambes, avait empêché ses poches de se vider. En les tâtant, le jeune marin y sentit quelque chose et, à son grand ravissement, il découvrit dans l'une un couteau et une pelote de ficelle, dans l'autre un mouchoir et un briquet.

C'était tout, et ce n'était pas beaucoup, mais il est certain que, dans la situation désespérée où se trouvait Jacques, la moindre découverte avait son importance.

Le jeune garçon poursuivit le cours de ses explorations, beaucoup plus intéressantes pour lui, à ce moment, que celles des forêts américaines ou des monts Himalaya. C'est ainsi qu'en passant ses mains sur sa poitrine, il sentit soudain quelque chose lui déchirer le doigt. Mille fois plus heureux que contrarié de cette piqûre qui lui présageait une nouvelle découverte pour cette bonne raison qu'il n'y a pas d'effet sans cause, Jacques tâta avec précaution et trouva deux grosses épingles fixées au devant de sa chemise. Il se rappela soudain que, dans sa précipitation à se vêtir, il avait fait sauter un bouton et l'avait hâtivement remplacé par ces deux épingles.

Jacques sentait vaguement qu'il pourrait tirer parti de ses trouvailles, si minimes fussent-elles. Mais une idée le troublait profondément : les poutres qui composaient son radeau, encore qu'il eût employé toutes les forces qui lui restaient à les relier les unes aux autres, menaçaient de se disjoindre. A plusieurs reprises, il avait cru voir son épave sur le point de s'émietter sous la poussée des vagues.

Poussée qui, heureusement, se maintenait molle, presque caressante. Mais le temps pouvait changer, le vent s'élever, la mer grossir.

Il fallait donc, avant tout, consolider le radeau.

Jacques n'hésita pas : il tira son couteau, défit son pantalon et, en un clin d'œil, l'eût transformé en une foule de minces lanières qu'il tordit pour leur donner plus de force. Il ajouta ces lanières à la corde qui reliait les parties détachées de son épave.

A chaque extrémité du radeau, à l'avant et à l'arrière, était amarrée une caisse. Jacques vit que ces caisses étaient munies de forts clous et, non sans quelques difficultés, il parvint, aidé de son couteau, à les enlever.

La nécessité développait les facultés inventives de l'enfant, triplait ses forces.

Avec les clous, s'aidant du corps de son couteau ainsi que d'un marteau, il assujettit encore les diverses parties de son radeau. A la vérité, il n'y avait pas de plat bord : la moindre secousse pouvait le précipiter à la mer, péril redoutable, la nuit surtout.

Le soleil commençait à baisser sur l'horizon et les tiraillements de son estomac rappelèrent à Jacques qu'il n'avait pas mangé depuis la veille. Mais un autre besoin encore plus impérieux que la faim, surtout sous ce ciel embrasé, commençait à le faire souffrir cruellement : la soif !

L'enfant sentait son gosier se dessécher, le sang lui monter aux tempes, brouiller sa vue. Il luttait contre l'envie impérieuse de se pencher vers la mer, et de boire cette eau salée.

Très heureusement, il eut la force de résister à cette tentation : il savait par expérience que l'eau de mer, loin d'apaiser la soif, ne fait que l'accroître.

Et cependant, quel supplice plus atroce que de se voir entouré d'eau et mourir de soif !

Jacques appliqua ses lèvres en feu sur la lame de son couteau et y trouva à peine une sensation métallique de fraîcheur. Cela n'était pas suffisant : un moment, il eut l'idée désespérée de se faire une blessure dans le bras et de boire son sang. Il repoussa cette obsession comme elle menaçait de s'emparer définitivement de son cerveau.

Alors, il se rappela que le bain même dans l'eau de mer, à condition de n'en pas avaler rafraîchit le sang et calme la soif. Il quitta sa chemise, le seul vêtement qui lui restât, ficha son couteau dans une poutre, y attachant la ficelle et le briquet, piqua également ses deux épingles dans le bois, et se laissa glisser de l'Océan.

Au contact de l'eau, une sensation de fraîcheur, de repos, vint envahir son corps et calmer ses membres brûlants. Seul, son gosier desséché demeurait douloureux. Mais comment cette eau si bienfaisante ne calmerait-elle pas sa soif ?

Jacques allait, oubliant tout, ouvrir la bouche et plonger ses lèvres dans le flot salé, lorsque, tout à coup, un fort bruit de nageoires battant l'eau droit derrière lui l'arrêta net, le glaçant d'épouvante.

L'enfant avait oublié que la mer a ses habitants. Derrière lui, les yeux phosphorescents, les mâchoires entr'ouvertes, s'avançait un requin.

CHAPITRE VIII

LE REQUIN ET L'ESPADON

Si les requins sont devenus rares sur les côtes de France et même dans la Méditerranée, ils infestent encore les mers équatoriales, notamment le Pacifique, l'Océan Indien et l'Atlantique, dans sa partie comprise entre le littoral africain et les Antilles.

Tout navire qui traverse ces parages traîne à sa suite, visibles ou invisibles, une bande de ces rapaces que leur férocité dévorante a fait appeler plus d'une fois « tigres des mers ».

Suivant le sillage du navire, ils se précipitent, toujours affamés sur ce qui est jeté à l'eau : cadavres, détritus, immondices, tout leur est bon.

Quelque catastrophe survient-elle en mer, une épidémie à bord, un navire englouti, aussitôt on voit apparaître le requin qui semble flairer des victimes et qui attend.

La destruction du *Skloppen* n'avait pas manqué d'attirer dans ces parages nombre de ces farouches écumeurs des mers. Après s'être disputé les cadavres des noyés, et les objets provenant du trois-mâts norvégien qui avaient continué à flotter, les requins s'étaient séparés, les uns se rapprochant de la *Serpentine* et voguant dans son sillage, les autres se dispersant un peu partout autour de l'endroit où avait eu lieu le sinistre.

C'était un de ces derniers qui arrivait sur Jacques.

La première impression de l'enfant fut certainement la terreur, une terreur intense. On a beau être courageux, la perspective de se trouver tête à tête avec un requin n'a rien de bien rassurant.

Cependant cette épouvante, si profonde fut-elle. ne paralysa qu'une seconde l'esprit et les mouvements de Jacques. Tout aussitôt l'instinct de conservation reprit ses droits.

Fort heureusement le jeune garçon ne s'était pas éloigné du radeau. Il n'eût qu'à étendre le bras pour le saisir.

Un instant après, il était remonté à bord.

Il était sauvé, mais pour combien de temps ?

Pour quelques minutes seulement, selon toutes vraisemblances, car le vorace, sentant une proie assurée, n'allait pas abandonner le voisinage du radeau.

De fait, il s'était tout à fait rapproché, si rapproché, que Jacques pouvait entièrement l'examiner sous la transparence des vagues.

C'était un jeune, à en juger par ses dimensions. Sa longueur n'excédait guère plus de trois mètres, ce qui n'est pas très considérable pour un requin, mais ce qui parut au jeune marin plus que suffisant.

Pendant de mortelles minutes, l'animal suivit le radeau, attendant évidemment que celui qui le montait, fût, par un accident quelconque, précipité à la mer.

Un requin plus âgé et, par conséquent, plus expérimenté eût pu lui-même provoquer cette chute, soit en se glissant sous l'épave et en la soulevant, soit en la frappant d'un coup de queue. Dans ce cas, les poutres flottantes se fussent aussitôt disjointes et Jacques eût été précipité dans l'abîme pour passer aussitôt entre les mâchoires du monstre.

Mais soit que celui-ci n'eût pas l'esprit de tactique suffisamment développé, soit qu'il se défiât de ses forces, il s'abstint de toute attaque contre le radeau : il se contenta de le suivre et de si près qu'il semblait à Jacques qu'il eût pu le toucher en étendant la main,

L'eût-il pu réellement ? C'est ce qu'il se garda bien de vérifier.

Pendant un temps qui parut à Jacques long comme des siècles, le requin continua à se montrer à côté du radeau semblant naviguer de conserve avec lui et flotter plutôt que nager.

L'enfant pelotonné sur lui-même, au centre de l'épave, surveillait sans bouger l'implacable ennemi.

Oh ! comme en ce moment, Jacques, revivant le passé, eût souhaité être sur la plage de Granville !

Tout à coup, le requin perdant peut-être patience, se précipita sous l'embarcation et l'instant d'après reparut de l'autre côté.

Le déplacement d'eau causé par ce mouvement rapide fut tel que la pauvre embarcation faillit chavirer. Jacques poussa un cri d'angoisse et se retint à grand peine.

Cependant une seconde se passa et le requin n'attaquait pas. Bien plus, il semblait s'être arrêté net et ne plus se soucier de l'embarcation.

Une fois le premier choc passé, l'enfant, qui en prévoyait un second, osa regarder du côté du terrible animal.

Celui-ci battait furieusement les flots de sa queue et de ses nageoires.

Jamais plus il ne reverrait les plages normandes. — Page 72.

Et il sembla à Jacques que peu à peu la mer se teignait de sang.

Que s'était-il passé ?

Tout simplement une rencontre entre deux ennemis.

Si le requin est le pirate des mers, redouté par excellence, il a cependant un adversaire qui ose lui tenir tête.

C'est l'espadon ou poisson-épée.

Moins grand que le requin dont il n'a pas la formidable mâchoire, garnie d'une triple rangée de dents, l'espadon possède cependant une arme terrible : une lame osseuse, pointue et tranchante des deux côtés, terminant l'extrémité de la mâchoire supérieure et formant quelque chose comme un nez gigantesque qui serait en même temps une épée. D'où le nom qui lui a été donné.

Ainsi armé, l'espadon ne craint point de parcourir l'Océan, s'attaquant à des poissons souvent fort gros qu'il embroche et rejette ensuite pour les avaler. Le requin lui est incontestablement supérieur en force, cependant la puissance de sa terrible queue ne compense pas toujours la lourdeur de ses mouvements, car vous savez sans doute que vu la conformation de sa mâchoire inférieure, le « tigre des mers » est obligé de se renverser le ventre en l'air pour happer sa proie.

Ce qui fait que ses rencontres avec l'espadon ne sont pas toujours au désavantage de ce dernier.

Or, le requin qui suivait le radeau de Jacques était, nous l'avons dit, un jeune, qui n'avait pas atteint les deux tiers de sa longueur et ne possédait pas encore toutes ses forces. De plus, il ne s'attendait pas le moins du monde à pareille rencontre.

En était-il de même du côté de l'espadon ? C'est un point que nul n'a pu éclaircir et qui, selon toutes vraisemblances, demeurera toujours obscur. Ce qu'il y a de certain, c'est que au moment où le requin, passant sous le radeau apparaissait de l'autre côté, il reçut en plein ventre la pointe de l'espadon.

La peau du requin est dure, mais naturellement beaucoup moins dans le jeune âge, et la pointe de l'espadon est forte. Le poisson qui remontait à ce moment des profondeurs azurées vers la surface, arrivait d'ailleurs avec une force irrésistible, juste sous la partie la plus vulnérable du monstre. Il en résulta que celui-ci reçut un bon mètre de pointe dans le corps.

Le choc qui avait délivré Jacques de son terrible ennemi avait eu encore un bon résultat : c'était d'éloigner le radeau en lui imprimant une poussée vigoureuse.

Une dizaine de mètres séparait maintenant l'épave

des deux combattants et Jacques, fasciné par le terrible spectacle, en suivait fiévreusement les phases. Il voyait s'agiter une masse brune qui était le requin, et une autre masse presque aussi grande, d'un noir bleuâtre, avec des reflets d'argent, qui était l'espadon !

La lutte ne fut pas longue, Le blessé agitait frénétiquement sa queue et ses nageoires, soulevant l'eau en montagnes d'écume, mais ses forces diminuaient visiblement.,

A la fin l'espadon se dégagea brusquement et, jugeant utile d'achever sa victoire, il revint la pointe en avant sur le requin.

De nouveau la pointe acérée pénétra le corps du monstre dont les mouvements devinrent convulsifs puis cessèrent peu à peu pendant que la nappe humide se rougissait de plus en plus.

Fier de sa victoire, l'espadon s'éloigna, laissant le cadavre de son ennemi flotter à la surface de l'Océan.

CHAPITRE IX

UTILITÉ D'UN REQUIN

Jacques était sauvé !

De tout son cœur il bénit le poisson-épée qui semblait être venu à son secours comme un protecteur tutélaire.

Mais il ne s'attarda pas en actions de grâces, et sûr que le requin était bien mort, il s'efforça en se jetant de nouveau à la nage et en poussant d'une main le radeau, de l'approcher du monstre pendant que celui-ci flottait encore.

Il y arriva. Alors attachant une extrémité de sa pelotte de ficelle à l'une des poutres du radeau, il amarra l'autre extrémité, en doublant la ficelle, pour lui donner plus de résistance, à une nageoire du requin.

Et s'il y eût eu sur cette immensité d'autre créature humaine que Jacques, elle eût pu contempler ce spectacle, à coup sûr peu ordinaire : un requin remorqué par une ficelle au radeau que montait un enfant !

Ce fut alors que le brave garçon se félicita d'avoir fiché solidement la pointe de son couteau dans une poutre et d'avoir également préservé la ficelle, le briquet et les deux épingles, objets bien modestes en toute autre circonstance, mais qui, dans sa situation, étaient devenus pour lui des trésors inestimables. Sans cette précaution, le choc communiqué au radeau par la rencontre du requin et de l'^spadon eût précipité tous ces objets au fond de l'Océan.

Le cadavre du monstre flottait maintenant côte à côte avec l'embarcation : Jacques tira son couteau.

Qu'allait-il faire ?

Tout simplement se tailler quelques tranches de requin.

La chair de cet animal, coriace et huileuse, n'est guère appréciée que par les Chinois, qui ont, en cuisine, des idées très particulières. Cependant, Jacques avait faim et n'avait pas le choix des aliments.

Le cadavre du requin flottait le ventre en l'air et l'enfant pouvait voir les deux trous béants que lui

Oh ! comme en ce moment, Jacques eût souhaité être sur la plage de Granville. — Page 88.

avait faits l'arme terrible de l'espadon. Il ne perdit pas son temps toutefois à s'étonner sur ces blessures : il était pressé. Son couteau était muni d'une lame très solide : en l'introduisant dans l'ouverture, il parvint à l'agrandir considérablement .

Telle était la faim de Jacques qu'il se jeta sur les premiers morceaux enlevés au requin et les dévora crus. Il les trouva saignants et huileux tout à la fois ; mais cette sensation, qui, à tout autre moment, l'eût dégoûté, apaisa quelque peu la soif terrible qui recommençait à le dévorer.

Cependant le moindre coup de mer pouvait, s'il épargnait le radeau, enlever le cadavre du requin. Jacques ne perdit donc pas de temps à se préparer des provisions.

Avec une dextérité très grande, il enleva au moins huit livres de chair et la masse des intestins.

Il se disait qu'en faisant sécher la chair au soleil, il avait des provisions pour longtemps, et que les boyaux du monstre, également séchés, pouvaient lui fournir des cordes.

S'il l'eût osé et s'il l'eût pu, il aurait dépecé l'animal tout entier, mais il craignait de faire sombrer le radeau sous un poids trop considérable.

Cependant, désireux de posséder le cœur et le foie, qu'il supposait les morceaux les moins coriaces, il continua à couper et à tailler : il arriva jusqu'à l'estomac.

Jacques avait souvent entendu parler de la voracité phénoménale du requin qui le porte à avaler tout ce qu'il aperçoit, ce qui fait qu'on rencontre souvent dans son estomac des choses bizarres.

— Voyons ! se dit-il.

Et d'un coup de couteau, il fendit l'enveloppe épaisse du viscère.

Horreur ! la première chose qu'il aperçut fut une main humaine coupée net au poignet. Sans doute quelque autre requin plus fort ou plus leste avait-il dévoré le malheureux auquel appartenait cette main, ne laissant que ce débris à portée de son jeune congénère.

Jacques frémit de tout son être et ce fut avec un sentiment inexprimable qu'il prit ce restant humain et le jeta à la mer le plus loin possible du radeau.

— A moi aussi ce sera mon tombeau ! murmura-t-il tristement.

Il fit appel à tout son courage et surmontant ce moment de faiblesse, il continua non sans appréhension à explorer l'estomac du poisson anthropophage.

Un cri de joie s'échappa soudain de ses lèvres, cri vibrant de joie.

Il venait d'apercevoir une bouteille ! Une bouteille

hermétiquement fermée et pleine d'un liquide incolore qui refléta les rayons du soleil lorsque, l'ayant saisie, il l'éleva, fou de bonheur, devant ses yeux.

— De l'eau ! c'est de l'eau ! râla-t-il, trouvant à peine la force de parler.

En effet, c'était de l'eau et même de l'eau de Vichy, comme l'indiquait une étiquette encore à demi intacte malgré ce séjour de plusieurs heures dans l'estomac du vorace. Sans doute, une partie des provisions de la cambuse s'étaient-elles éparpillées dans les vagues avant le moment où le *Skloppen* avait sauté. D'où cette bizarrerie, à coup sûr remarquable, d'un requin ingurgitant de l'eau de Vichy.

Jacques ne perdit pas de temps : il mourait de soif. Rapidement, il fit tomber la cire qui entourait le goulot, enleva le bouchon et porta la bouteille à ses lèvres.

Avec quel ravissement il sentit le liquide rafraîchir sa gorge en feu ! Une inexprimable sensation de bien-être lui fit venir les larmes aux yeux.

Il eut cependant la force de ne pas vider la bouteille. Après l'avoir délestée du tiers de son contenu, il la reboucha soigneusement et la déposa au centre du radeau.

Cette eau, c'était pour lui une provision de vie !

L'apaisement de sa soif lui avait rendu son calme d'esprit et presque de la gaieté.

— Qui m'aurait dit, pensa-t-il, que l'estomac d'un requin m'aurait servi de cave ! Voyons, peut-être sera-t-il aussi un garde manger !

Mais c'eût réellement été trop que de prétendre y rencontrer des provisions de bouche. Jacques ne découvrit pas le moindre pain de quatre livres : il en fut dépité. Il commençait à devenir exigeant !

Cependant, il trouva encore un objet inattendu : un grand lambeau de prélart ou voile goudronnée, lambeau auquel tenait une bonne longueur de câble et un anneau de fer.

L'enfant saisit avidement cette trouvaille avec l'intuition qu'elle pourrait lui être utile, et la déposa sur le radeau.

Mais il était à bout de forces, aussi se borna-t-il à enlever une petite partie seulement du foie, et dénouant pour la reprendre, la ficelle attachant au radeau la nageoire du requin, il laissa celui-ci, sans plus s'en occuper, flotter à côté de l'épave.

Quelque temps encore le cadavre demeura à la surface de l'Océan ; puis sous la poussée des vagues, il commença peu à peu à s'éloigner et en même temps à s'enfoncer. Peu à peu, Jacques le vit disparaître.

Le soleil se couchait : la nuit tomba subitement.

On sait que dans les régions tropicales ou avoisinant les tropiques, comme celle où se trouvait le mousse de la *Serpentine*, il n'y a pas à proprement parler d'aurore ou de crépuscule.

Jacques ressentit tout d'abord une sensation d'écrasement. Combien il se sentait faible et petit, seul sur son radeau, au milieu de cette mer qui le portait, de cette ombre qui l'enveloppait !

Dormir ? Il ne l'oserait : le moindre mouvement pouvait le précipiter à la mer. Et pourtant, il était si fatigué !

La lune se levait sur l'horizon. Peu à peu son croissant vint argenter la surface sans fin de la mer. Vaincu par l'épuisement de cette journée d'efforts, Jacques rassembla précieusement tous ses trésors, les enveloppa dans le prélart goudronné, se passa autour du corps le câble qui y était encore attaché, de façon à n'en être pas séparé, et s'étendant sur le radeau, il ne tarda pas à sommeiller profondément.

Des jours se passèrent.

Les calmes plats de longue durée sont fréquents dans ces parages. Grâce à cette circonstance, le radeau tint bon.

Mais Jacques n'en éprouva pas moins des tortures épouvantables, tortures physiques et plus encore tortures morales.

La chair du requin, découpée en très minces lanières, se sécha tout naturellement au soleil, sur les poutres mêmes de l'épave. Elle constituait une nourriture détestable mais suffisante quand même pour subsister quelque temps.

Mais malgré tous les soins de l'enfant, les vagues en enlevèrent une partie et Jacques dut strictement se rationner.

La soif le fit souffrir plus encore, la bouteille d'eau de Vichy, encore aux deux tiers remplie, dura trois jours. Puis ce fut le recommencement du supplice.

Le radeau n'avait ni mât, ni plat bord, ni gouvernail, ni rames, ni rien, en un mot, qui pût permettre de le diriger. Jacques n'avait qu'un espoir — bien faible — celui que quelque navire passât dans ces parages, assez près pour l'apercevoir et le recueillir.

Mais, menacé à la fois par la faim, la soif et les vagues, combien de temps pourrait-il tenir sur son radeau ?

L'enfant utilisa sa ficelle en guise de ligne, ses épingles pour s'en faire des hameçons ; le bouchon de la bouteille fut transformé en flotteur. Enfin quelques bribes de la chair du requin servirent d'appât.

Le résultat fut plutôt maigre : l'une des épingles disparut, happée sans doute par un poisson de forte taille. L'autre servit à ramener un maquereau. Ce fut le seul poisson qui consentit à se laisser pêcher.

Le prélart eût pu servir de voile. Malheureusement pour hisser une voile, il faut au moins un mât et le radeau n'en possédait pas.

Tout espoir abandonnait Jacques. Dans quelle direction les flots l'entraînaient-ils? C'est ce qu'il n'eût pu dire. Cependant, d'après la position des astres, il lui semblait que ce devait être au sud-est.

Plusieurs fois, il crut entrevoir une voile et il se souleva, frémissant d'espoir. Hélas! ce n'était que l'aile blanche d'un albatros.

Enfin, comme la mer est par-dessus tout un élément inconstant, elle se lassa d'être clémente. Un matin, la brise vint à souffler avec une violence inaccoutumée, et les vagues fouettées vinrent balayer le radeau.

Jacques avait employé les intestins séchés du requin à renforcer les liens assujettissant les diverses parties de son esquif.

Grâce à cette précaution, il ne sombra pas, mais une rafale enleva la toile goudronnée et l'emporta dans les airs, se débattant comme un gigantesque oiseau blessé.

Le jeune garçon ne pouvait lutter. En un clin d'œil il revit son existence jusqu'à ce jour, ses parents si malheureux, la famille Jalbert, si bonne pour lui.

Il évoqua l'image de sa mère, voulant que ce fût la dernière qui frappât son esprit.

Puis il attendit la mort.

CHAPITRE X

CAPTIF CHEZ LES OUED-SOUS

Ce ne fut pas la mort qui vint.

Tout d'abord ce fut une nuit profonde, compacte qui enveloppa le ciel et descendit sur les eaux. En même temps, un courant d'une force irrésistible avait saisi l'embarcation. Jacques qui tenait embrassée une poutre, avait le corps entier lavé par les vagues.

Quand, au bout d'un nombre incalculable de minutes, un éclair prodigieux violaça le ciel noir, le mousse aperçut à l'horizon et non loin un objet blanc dont la vue fit battre son cœur.

— Une voile ! s'écria-t-il. Je suis sauvé !

Et, de toutes ses forces, il se mit à appeler, non seulement en français mais aussi en anglais et en espagnol, car le capitaine Jalbert lui avait appris quelques mots de ces deux langues.

L'entendait-on ? Il n'osait l'espérer. Cependant, un second éclair lui montra le bâtiment sauveur beaucoup plus rapproché. Un troisième le lui fit voir à moins de cent mètres.

Il était temps ! Le radeau, après avoir vaillamment résisté, s'en allait pièce par pièce.

Maintenant, il ne restait plus que la poutre à laquelle il se cramponnait désespérément. Une lame l'engloutit et Jacques aveuglé, noyé, lâcha prise : il remonta à la surface.

Une nouvelle fulguration lui montra une grande barque mâtée, maintenant tout près de lui.

— A moi ! cria-t-il désespérément.

Il entrevit qu'on lui lançait une corde. Nageant avec une énergie désespérée, il arriva à la saisir et se hissant pendant que des mains tiraient à eux la corde, il atteignit le bastingage du bâtiment. Il sentit qu'on le tirait à bord, vit des figures basanées se pencher vers lui et, défaillant, il s'affaissa sur le pont.

Enfin ! cette fois encore il venait d'échapper à la mort. Il pourrait revoir ses amis et le vieux pays normand !

Ceux qui avaient recueilli Jacques étaient des habitants du littoral marocain, dont le visage bronzé,

Il pourrait revoir le vieux pays normand. — Page 108.

aux traits fortement accentués, exprimait tout autre chose que la douceur. Et, de fait, ils étaient peut-être encore plus pillards que pêcheurs. La tribu des Oued-Sous, à laquelle ils appartenaient, savait à merveille écumer l'Océan à sa surface comme dans ses profondeurs.

Plus tard, Jacques reconstituant sur la carte l'itinéraire de ce terrible voyage, qui avait bien failli être son dernier, put se rendre compte qu'il avait été recueilli en face du port d'Agadir, à la limite méridionale des côtes du Maroc.

Sa vie était sauve, mais il n'était pas au bout de ses épreuves. Des rires dédaigneux et même un vigoureux coup de corde, qui lui arracha un cri de douleur, lui firent comprendre qu'il n'avait échappé à la tyrannie des éléments que pour tomber sous celle des hommes.

Un moment, il trembla qu'on ne le rejetât à la mer. Mais les Oued-Sous voyaient en lui un futur esclave, c'est-à-dire un être qu'ils pourraient vendre ou faire travailler. Il n'était donc point de leur intérêt de le tuer.

Assez solide pour braver les menaces, la barque revint vers la côte. Elle en était, du reste, peu éloignée, car lorsqu'elle avait recueilli Jacques, le radeau du mousse avait déjà, grâce à la tempête, effectué un trajet considérable.

Les pirates, emmenant avec eux leur prisonnier, débarquèrent dans une rade naturelle que dominait un rocher de près de deux cents mètres. Du pied de ce rocher jaillissait une source claire et abondante qui disparaissait en serpentant au milieu d'un groupe de cabanes. Plus loin, au sud, on entrevoyait derrière des bouquets de palmiers le scintillement au soleil, d'un long filet argenté.

Jacques comprit que ce filet était un fleuve et, prêtant l'oreille aux conversations de ses barbares compagnons, il comprit que son nom était Oued-Sous, appellation que portait aussi leur tribu. Il entendit aussi ceux qui désignaient le rocher répéter à plusieurs reprises le mot Agadir.

Mais ces noms n'apprenaient rien au pauvre enfant.

Il serait trop long de raconter en détail quelle vie fut la sienne. Peut-être, cependant, le dirons-nous quelque jour. Qu'il nous suffise de vous faire savoir que notre héros, nourri d'un peu de riz, de maïs et de dattes, arrosés d'une excellente eau claire, demeura pendant trois mois dans une situation intermédiaire entre la domesticité et l'esclavage.

Un vieux linge troué qui avait été autrefois un burnous, un fez et des sandales de cuir, composaient maintenant son accoutrement. Pour abri, on lui avait octroyé une case infecte, meublée uniquement d'une natte, avec défense, sous peine de mort, de chercher à s'évader. Pour tâche, il devait aider les Oued-Sous à cultiver ou à pêcher, tâche qui, à la vérité n'était pas des plus rudes.

Il était devenu le serviteur, la propriété, non pas d'un individu ou d'une famille mais de toute la tribu.

Cependant, reconnaissons que, comme le jeune prisonnier remplissait son travail à la satisfaction générale, on s'abstenait maintenant de le frapper.

Mais Jacques n'avait pas renoncé à l'espoir de revoir l'Europe. Il se disait que la famille Jalbert devait le croire mort, et s'imaginait leur joie à tous, au capitaine, à sa belle-sœur, à Madeleine, Jeanne et Prosper en le revoyant devant eux.

Il n'attendait donc, dissimulant ses sentiments, qu'une occasion favorable pour chercher à s'échapper.

Déjà, il avait appris quelque peu d'arabe, qui, joint à ce qu'il savait d'espagnol, lui permettrait de se faire entendre sur le littoral.

Manquant de carte géographique, il ne pouvait au juste se tracer un itinéraire : cependant, il comprenait qu'en longeant la côte vers le nord, il arriverait dans quelque ville arabe, peut-être dans un port où il trouverait un bâtiment européen, tandis qu'en la suivant dans la direction du sud, il s'enfoncerait dans des régions redoutables habitées par des peuplades nègres.

Un jour enfin, il crut comprendre, d'après les conversations échangées à mi-voix par ses gardiens, qu'on allait le conduire dans une ville du nord pour le vendre comme esclave. Après l'avoir fait travailler à son profit, la tribu désirait en tirer de l'argent.

Loin de s'en désoler, il s'en réjouit. Le voyage pouvait lui offrir l'occasion de mettre son plan à exécution, et même si, au long de la route, cette occasion ne se présentait pas, elle pourrait naître dans une grande localité animée par la vente des esclaves plus facilement que dans une demi solitude comm Agadir.

Toutefois, il eut bien soin de ne rien laisser paraître de ses intentions. Ce fut avec une indifférence résignée qu'il accueillit l'ordre de se mettre en route.

Une petite caravane était rassemblée ; quatre Oued-Sous montés sur des ânes, deux autres enfourchant des chameaux, conduisant une demi-douzaine de ces derniers animaux, chargés de provisions diverses, tabac, orge, grenades, dattes et poisson fumé, destinées à être vendues comme Jacques.

Celui-ci eût pu se sentir froissé dans son amour-propre de faire partie d'un lot de comestibles, mais il ne perdit pas de temps en des réflexions amères. Une seule pensée dominait son esprit : se sauver.

Malheureusement, c'était chose plus facile à imaginer qu'à réaliser. Jacques avait été placé au centre de la caravane : il allait à pied attaché par la ceinture à la selle d'un des baudets. Le moindre de ses mouvements pour s'évader eût donc été prévenu.

La marche dura trois jours et fut pénible pour le jeune captif. On ne rencontrait que de loin en loin de misérables cases ; de ci de là, un bouquet de palmiers détachant leur feuillage sombre sur un sol d'une blancheur crayeuse. A la nuit, les Oued-Sous étendaient leurs tentes sur le sol et campaient à côté des animaux.

Le soir du troisième jour, on fit halte autour d'un gourbi abandonné. Dans le lointain, on distinguait une agglomération de maisons s'élevant en amphithéâtre au bord de la mer. Le mot Soueïra revenait fréquemment dans les conversations des Arabes.

Soueïra ! Jacques se rappela qu'ayant examiné une carte du littoral africain dans la cabine du capitaine Jalbert, il avait vu figurer ce nom entre parenthèses à côté de celui de Mogador, qui est l'appellation donnée par les Européens à une ville marocaine.

Il était donc dans l'empire d'un souverain musulman, à demi barbare, où subsistait la vente des esclaves. Cependant, il y a des Européens établis au

Maroc. Oh ! s'il pouvait arriver jusqu'à un consul et lui raconter son histoire !

Plus que jamais, cependant, il fallait dissimuler. Et Jacques, ce soir-là au campement, feignit de dormir pendant que ses compagnons causaient entre eux.

Il put ainsi apprendre que des nouvelles recueillies en chemin les inquiétaient. Le bruit courait qu'une révolte avait éclaté dans les tribus du voisinage et que la route de Soueïra n'était pas sûre. L'un des Arabes émit même l'idée de retourner à Agadir.

Jacques en conclut que si, trompant la vigilance des Oued-Sous, il pouvait gagner les montagnes proches de la ville, ses gardiens n'oseraient peut-être pas aller l'y chercher et qu'il lui serait possible ensuite d'entrer dans la ville où il trouverait certainement quelque Européen décidé à le protéger.

Et avec un courage, une présence d'esprit vraiment héroïques, Jacques entreprit de réaliser cette idée. Il arriva, pendant le sommeil de ses compagnons, à se rapprocher en rampant de l'entrée de la tente. Cette manœuvre lui prit plus de vingt minutes pendant lesquelles le cœur lui battit fort. Mais les Arabes dormaient bien. L'un d'eux avait un large couteau à côté de lui, le brave enfant le saisit, résolu à vendre chèrement sa vie si elle était menacée.

A cette petite fille qui grandit, elle conte plus d'une fois l'histoire d'un jeune marin. — Page 127.

Il put se glisser hors de la tente et arriver jusqu'aux chameaux. Ces animaux sont d'une vigilance telle que parfois les Arabes se reposent sur eux de la garde de leur campement, sûrs que si quelque péril s'annonce, le quadrupède, de ses cris stridents, donnera l'éveil.

Mais heureusement, Jacques était connu de ces animaux. Et lorsque, avec un sifflement demi étouffé, il s'approcha d'un chameau qui, réveillé, flairait l'air avec force, l'animal s'agenouilla, et le jeune garçon se hâta de monter en selle. Puis la monture se releva, d'abord sur ses longues jambes de derrière, ce qui précipita Jacques sur le cou de la bête, puis sur les jambes de devant, ce qui faillit le renverser du côté opposé.

Ce fut sans bruit qu'il s'éloigna du campement. Mais une fois à quelque cent mètres, le fugitif, excitant le chameau de la voix et de la main, lui fit prendre un galop qui mit bientôt une distance considérable entre lui et les Oued-Sous.

Pendant deux jours, Jacques erra en se cachant dans les montagnes, vivant d'une poignée de dattes qu'il avait trouvées dans un panier attaché à la selle du chameau. Celui-ci semblait n'éprouver le besoin ni de manger, ni de boire, ni de se reposer.

Enfin, un jour, du sommet d'une montagne, comme

il allait se décider à entrer à Soueïra, le vaillant garçon aperçut un bâtiment à l'ancre dans une baie. C'était un brick, donc un bâtiment européen ! Lui, marin, ne pouvait s'y méconnaître.

S'il pouvait l'atteindre, il était sauvé. Sans perdre un instant, il courut à son chameau, fut aussitôt en selle et, dans un galop effréné, disparut vers la mer.

Sur son passage, des Arabes sortaient de leurs gourbis et stupéfiés de cette apparition d'un jeune européen, lancé à une allure vertigineuse, criaient : « Allah ! ».

Jacques n'écoutait, n'entendait rien et surtout ne s'arrêtait pas.

Il eût le bonheur d'arriver au moment même où le bâtiment allait lever l'ancre, et abandonnant son chameau, il se précipita vers les hommes d'équipage, leur parlant à la fois français, espagnol, anglais, les suppliant de le prendre.

Le brick *Old Caledonia* appartenait à lord Mac-Intosh, jeune millionnaire du Royaume-Uni, qui voyageait pour son plaisir à la recherche de l'inconnu. On pense si ce seigneur fit bon accueil au pauvre enfant. Non seulement en le recevant et en le bien traitant, il accomplissait un devoir élémentaire d'humanité, mais encore il satisfaisait ses goûts de curiosité romanesque.

Et lorsque, préalablement réconforté par une immense tranche de rosbif, arrosée d'excellente bière, Jacques eut raconté en détail ses aventures, le noble lord sentit s'éveiller en lui pour ce pauvre enfant si courageux une sympathie profonde.

Le même jour l'*Old Caledonia* levait l'ancre arrachant Jacques à un pays où florissait encore cette chose épouvantable : l'esclavage.

Il y eut pourtant un sacrifié : le chameau. Malgré la bonne volonté de lord Mac-Intosh et les instances de Jacques, qui n'oubliait pas quelle reconnaissance il lui devait, le quadrupède refusa absolument de s'embarquer. Il semblait, lui, si peu exigeant, dire de ses gros yeux doux : « Pour prix de mes services, « tout ce que vous m'offrez c'est un voyage périlleux, « en tous cas cruel pour quelqu'un qui redoute le « mal de mer, et à l'arrivée, une cage. »

Et, secouant la tête, levant le regard vers son ciel africain, plus bleu que les flots de la mer, il signifia avec un entêtement de chameau sa volonté de rester où il était. Les Oued-Sous étaient loin et ne lui pardonneraient sans doute pas sa fugue ; Jacques et le brick allait disparaître. Que ferait-il ? Il tâcherait de vivre sans maître.

CHAPITRE XI

DÉNOUMENT

Lord Mac-Intosh était humain, généreux, mais original. Il avait mis dans sa tête d'aller aux Antilles, comme un Parisien va se promener le dimanche à Bougival, et interdisant à Jacques de lui fausser compagnie à la première escale, il lui fit visiter successivement Porto-Rico, Saint-Domingue, la Jamaïque, Cuba, puis le littoral du continent américain, de la Nouvelle-Orléans à New-York. Après quoi l'*Old Caledonia* repartit pour l'Angleterre, et, après un voyage de quatre mois, elle doublait l'île de Wight pour jeter l'ancre dans la rade de Portsmouth.

Jacques qui était maintenant un grand et beau garçon frisant l'adolescence, ne put s'empêcher de sourire en se rappelant les croyances naïves de son enfance qui lui représentaient Portsmouth comme la plus grande ville du monde et l'île de Wight comme habitée par des sauvages. Ces quatre mois passés auprès de lord Mac-Intosh, avaient, par les conversations et la lecture de livres, continué l'instruction donnée par le capitaine Jalbert. Jacques, maintenant, en savait plus que nombre d'écoliers de son âge et il possédait, en outre, le trésor inestimable de connaissances pratiques acquises douloureusement.

Lorsque, après avoir quitté l'hospitalière côte marocaine, l'*Old Caledonia* jeta l'ancre dans le port d'un pays civilisé, Jacques supplia lord Mac-Intosh d'envoyer un télégramme à la famille Jalbert pour annoncer qu'il vivait encore.

A sa grande surprise, le gentilhomme secoua la tête.

— Ils te croient mort, dit-il, ils t'ont pleuré. Maintenant leur douleur est calmée, c'est la loi universelle. Ton télégramme les rendrait joyeux, certes, mais mieux vaut réserver cette joie pour le moment de ton arrivée : ce sera bientôt.

Ce ne fut qu'au bout de quatre mois, car la marche du brick était quelque peu retardée par les fantaisies de son propriétaire qui faisait jeter l'ancre chaque fois qu'on se trouvait en vue d'une ville importante ou d'une région pittoresque. Mais pour être tardive, la joie de la famille Jalbert n'en fut pas moins profonde.

Justement c'était par une belle soirée d'août : le capitaine et toute sa famille se trouvaient réunis dans leur maison de Saint-Malo, un peu anxieux, car dans la journée, ils avaient reçu ce télégramme : « Quelqu'un que vous n'attendez pas va venir vous voir. »

Quel pouvait être ce quelqu'un ? Jacques avaient-ils d'abord tous pensé. Mais la réflexion leur disait que c'était impossible : le capitaine assurait que le mousse de la *Serpentine* avait disparu à soixante lieues de la terre la plus proche. Et au moment où le *Skloppen* s'abîmait dans les flots, aucune voile n'était en vue à l'horizon. Quelle vraisemblance y avait-il que l'enfant eût pu accomplir un trajet de soixante lieues à la nage ?

Et cependant c'était lui ! Lorsque, la porte s'ouvrant, il apparut sur le seuil, tous poussèrent un grand cri et coururent à lui les bras ouverts.

Il n'y a pas à décrire la scène qui suivit. Le capitaine n'en revenait pas de ce qu'il persistait à appeler une résurrection. Et, quand après avoir été fêté, choyé, embrassé, Jacques eût raconté ses aventures, il n'y eut qu'une voix pour le proclamer héros.

Là ne finit pas la carrière du jeune marin : la protection de lord Mac-Intosh, jointe à celle du capitaine Jalbert, lui ouvrit un avenir inespéré.

Il commença par suivre des cours de physique, chimie, dessin et mathématiques, sans oublier l'histoire, la littérature et les langues étrangères.

Et Jacques, devenu un homme plein d'érudition, quoique modeste, est aujourd'hui le capitaine de la *Serpentine*. Il n'est pas que cela : il est aussi le compagnon d'existence de celle qui fut la petite Jeanne et le père d'une charmante enfant qui a les yeux bleus comme sa mère et les cheveux blonds comme sa tante Madeleine. Celle-ci est aujourd'hui un écrivain doublée d'un artiste en passe de devenir célèbre.

Prosper, qui est ingénieur, vit avec sa mère et son oncle, lequel, abandonnant à Jacques le commandement de la *Serpentine*, est venu habiter Paris.

Le fils de Pierre a acheté le terrain où s'élevait l'habitation où mourut sa mère, où lui-même fut si malheureux. A la place de la chaumière délabrée, il a fait élever la demeure originale et commode que les gens de la localité appellent la *Maison polychrôme*. C'est là que, pendant les loisirs laissés par ses fonctions, il vit heureux à côté de celle dont jadis il a sauvé la poupée.

Et maintenant ce n'est plus une poupée, mais une petite fille qui est la joie de Jeanne Martin, A cette petite fille qui grandit, elle conte plus d'une fois l'histoire émouvante d'un jeune marin.

FIN

PARIS. — IMPRIMERIE P. MOUILLOT, 13, QUAI VOLTAIRE. — 98161.

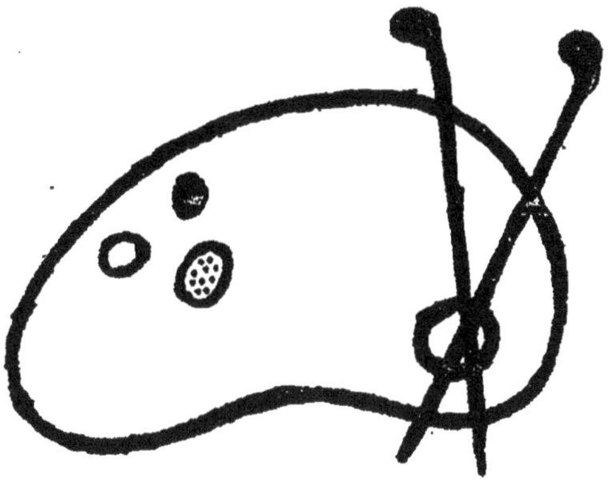

www.ingramcontent.com/pod-product-compliance
Ingram Content Group UK Ltd.
Pitfield, Milton Keynes, MK11 3LW, UK
UKHW020345230726
13925UKWH00003B/975

9 782013 569781